L'arc-en-ciel coloré de Bholu

Translated to French from the English version of
Bholu's Colourful Rainbow

Geeta Rastogi 'Geetanjali'

Ukiyoto Publishing

All global publishing rights are held by

Ukiyoto Publishing

Published in 2024

Content Copyright © Geeta Rastogi 'Geetanjali'

ISBN 9789362697493

All rights reserved.

No part of this publication may be reproduced, transmitted, or stored in a retrieval system, in any form by any means, electronic, mechanical, photocopying, recording or otherwise, without the prior permission of the publisher.

The moral rights of the author have been asserted.

This is a work of fiction. Names, characters, businesses, places, events, locales, and incidents are either the products of the author's imagination or used in a fictitious manner. Any resemblance to actual persons, living or dead, or actual events is purely coincidental.

This book is sold subject to the condition that it shall not by way of trade or otherwise, be lent, resold, hired out or otherwise circulated, without the publisher's prior consent, in any form of binding or cover other than that in which it is published.

www.ukiyoto.com

Dédicace

Ce livre est dédié à
Le Seigneur GANESHA en tant que Dieu de initiation
et
Maa SARASWATI, la déesse de l'éducation.

Préface

Nous sommes tous fabriqués dans l'atelier de la nature, tels que nous sommes. Comment et où se forment nos personnalités ? À vrai dire, il s'agit d'un processus complet. Ce processus commence dans l'atelier de Dieu. Dans ce processus, nos parents, nos enseignants et notre éducation jouent un rôle important. Notre perspective est également façonnée par tous ces éléments. C'est également le cas pour moi. Ma personnalité et mon point de vue ont été influencés d'une manière ou d'une autre par mes parents, mes professeurs, mes amis et les livres que j'ai lus avec beaucoup d'intérêt. Il m'est impossible de décrire en détail l'ensemble du processus de développement de la personnalité à l'aide d'une autre méthode. Dans ce contexte, je voudrais partager avec vous une histoire que j'ai lue dans un livre, peut-être dans un magazine appelé "Akhanda Jyoti". Cette histoire a eu un impact profond sur moi, c'est pourquoi je la partage avec vous. Il était une fois, dans une ville, un riche marchand. Il possédait d'immenses richesses. Un jour, il s'est senti divinement inspiré de construire un temple dans la ville. Il s'est donc mis à la recherche d'un sculpteur compétent. On dit : "Quand on veut, on peut". Après quelques efforts, il a trouvé un sculpteur compétent. Or, le sculpteur est chargé de créer une magnifique idole de Dieu, qui sera installée dans le temple. Le sculpteur avait besoin d'une pierre spéciale pour cette tâche. En allant en chercher une, il tombe sur une grosse pierre. Il demanda à la pierre si elle acceptait d'être ciselée et taillée en forme de Dieu. La pierre prit peur et dit : "Pourquoi devrais-je subir tant d'épreuves sans gain apparent ? Qu'est-ce que j'obtiendrai en devenant l'idole de Dieu ? Je suis heureux d'être ici tel que je suis. Cherchez une autre pierre". Le sculpteur s'est mis à la recherche d'une autre pierre. Au bout d'un certain temps, le sculpteur trouve une autre pierre. Il posa la même question, et cette pierre accepta volontiers d'être sculptée en forme de Dieu. La pierre était ravie de pouvoir servir d'idole à Dieu. Le sculpteur a cependant rappelé à la pierre qu'elle devait passer par un processus douloureux et rigoureux. La pierre est restée fidèle à sa décision et a donné son accord. Le sculpteur apporte la pierre dans son atelier et commence la tâche ardue de ciseler et de sculpter l'idole. Il y a travaillé avec le plus grand dévouement. En quelques jours seulement, l'idole de Dieu était prête. Le marchand devait alors organiser la consécration de l'idole dans le temple, et un prêtre était appelé pour accomplir les rituels. Or, le marchand devait établir l'idole de Dieu dans le temple. Pour cela, un prêtre a été appelé et une date a été fixée. Lors de l'installation de l'idole de Dieu dans le temple, le prêtre se souvient soudain qu'il faut une autre pierre. Il en informa le marchand, qui envoya immédiatement un serviteur chercher la pierre. Le serviteur retrouve la même pierre qui avait refusé la proposition de devenir l'idole du Dieu du sculpteur. Le serviteur ne posa aucune question et apporta la pierre au temple, la remettant au prêtre. La pierre était placée juste sous l'idole de Dieu dans le temple, afin que les noix de coco offertes en prasad (offrande) puissent être brisées dessus. Une fois la consécration de l'idole de Dieu achevée, tout le monde est parti. Seule face à la pierre devenue l'idole de Dieu, la pierre dit : "Quelle chance as-tu trouvée ? Vous êtes devenu Dieu. Les gens viennent se prosterner devant vous. Ils vous vénèrent comme Dieu. Moi, je subis les coups de marteau jour et nuit. Quelle injustice dans le monde de Dieu ? Au moins, la justice devrait prévaloir ici".

La pierre qui était devenue l'idole de Dieu dit alors à l'autre pierre : "Tu as peut-être oublié que ma forme était autrefois semblable à la tienne. Après avoir enduré d'innombrables ciselages et martelages pendant de nombreux jours, j'en suis arrivé là. Vous auriez pu avoir cette opportunité aussi, mais vous avez refusé de passer par le processus douloureux ce jour-là. C'est pourquoi vous avez trouvé cet endroit aujourd'hui, où vous devrez subir un processus douloureux chaque jour."

La conclusion de l'histoire est que si nous, en tant qu'humains, acceptons d'être construits dans l'atelier de Dieu pour toute notre vie, nous devons passer par un processus douloureux qui dure un certain temps. En revanche, si nous faisons les choses à notre manière, en évitant les difficultés liées au respect des règles, nous devons endurer des épreuves tout au long de notre vie.

Chers lecteurs et amis, cette histoire s'arrête là. J'ai toujours aimé lire des histoires. J'ai lu beaucoup d'histoires depuis mon enfance. Notre école disposait également d'un dispositif spécial pour la lecture de livres. Nous avions aussi l'habitude de lire beaucoup d'histoires à la bibliothèque. Pour ce faire, un jour par semaine a été décidé pour chaque classe. En outre, les enfants ont reçu des livres à emporter chez eux pendant une semaine. De plus, des livres ont été offerts en guise de récompense aux jeunes lecteurs. C'est ainsi qu'est née ma passion pour la lecture d'histoires. Et grâce à ce hobby, un conteur est né en moi au fil du temps. Aujourd'hui, c'est avec une grande joie que je présente à mes lecteurs mon premier recueil de contes, spécialement destiné aux enfants. De plus, même les personnes âgées ne seront pas privées de profiter de son contenu. Ce recueil d'histoires est l'aboutissement des bénédictions de mes parents, du soutien de mes proches et de la grâce de Dieu. J'espère qu'à travers ce livre, je recevrai toute votre affection.

- Geeta Rastogi "Geetanjali" (en anglais)

C-26, Railway Road

Modinagar 201204

District : Ghaziabad

(U.P.)Inde

Mob : 8279798054

Courriel : geetarastogi26@gmail.com

Contenu

La maison de la mère	1
La voie de l'honnêteté	4
Niranjana	7
Adorable Gracie	10
Le secret de la victoire	15
Les notes mélodieuses	20
Grandmaa et Amisha	23
La douche isolée	27
La fille courageuse	32
Le pays des fées	37
Le cygne d'or	41
Histoire du berceau	46
L'invention de Veeru	49
La journée du champion	54
L'arc-en-ciel coloré de Bholu	59
Shivalik	76
A propos de l'auteur	90

La maison de la mère

Dans un village, vivait une vieille femme nommée Sheetala. Elle possédait une très grande maison dans ce village et y vivait seule. Bien que Sheetala ait eu beaucoup d'enfants, ils avaient leurs entreprises dans différentes villes du pays et même à l'étranger. C'est la raison pour laquelle ils ne pouvaient pas rester avec elle au village pour  toujours. Aucun de ses fils ou de ses filles n'a pu vivre avec sa mère pour toujours dans le village. Sheetala était une femme en excellente santé. C'est le résultat d'une routine quotidienne régulière et de la méditation. Elle ne manquait pas d'argent. Ses besoins étaient également limités. Les moyens de subsistance n'étaient donc pas un problème pour elle. Sa maison disposait d'une cour spacieuse et d'un jardin. Dans son jardin, il y avait de nombreux arbres fruitiers - manguiers, mûriers indiens, margousiers et cocotiers. En outre, son jardin contenait des courges amères et des haricots. Elle a également cultivé des tomates, des piments verts, des aubergines, des choux-fleurs, des pommes de terre et de la coriandre. Elle avait également cultivé des soucis, des roses, des tournesols et des plantes vivaces, qui ajoutaient à la beauté de son jardin. La vieille Sheetala travaillait assidûment dans son jardin et prenait soin de ses arbres et de ses plantes. Sa routine quotidienne était très cohérente. Elle se levait avant l'aube, passait le balai dans toute la maison, s'occupait de ses tâches ménagères, puis adorait Dieu. Ensuite, elle allumait le fourneau pour se préparer des repas.

Sheetala dirigeait une entreprise artisanale de tissage à la main où travaillaient également des femmes du quartier. Elles fabriquaient des paniers, des bouquets, des nattes et divers autres articles. Aller au marché et vendre ces produits était une tâche difficile, mais les habitants venaient chez elle pour les acheter. Le soir, elle passait du temps dans son jardin. Elle adorait s'occuper de ses plantes. Elle prendrait de nouvelles dispositions et y planterait de nouveaux arbres. L'entretien des plantes, l'arrosage, l'ajout d'engrais et le désherbage régulier occupaient une grande partie de sa journée. Chaque jour, elle recevait beaucoup de légumes et de fleurs de son jardin, et elle était obligée de réfléchir à la manière de les utiliser. Si elle n'avait pas envie de les vendre, elle les donnerait gratuitement aux femmes travaillant dans son chalet. Si un habitant du quartier manquait de légumes, il venait demander de l'aide à Sheetala Mata. Elle n'hésite pas à partager ses produits. Pendant la saison du jamun (mûre indienne), les branches des arbres à jamun sont chargées de fruits. Elle choisissait des jamun pour elle-même et les partageait avec tout le monde. Elle séchait et broyait également les graines de jamun pour en faire un médicament très utile pour le traitement du diabètees. De même, elle fabriquait des médicaments à partir de feuilles, d'écorces et de graines de neem. Elle a un jour donné son médicament maison à une amie voisine, et il s'est avéré bénéfique. Peu à peu, Sheetala Mata est devenue célèbre en tant que "mère réparatrice" et les gens de tous horizons ont commencé à s'adresser à elle pour obtenir des médicaments.

Avec le temps, tant d'années se sont écoulées. Sheetala Mata a vieilli. Un jour, l'un de ses fils, accompagné de sa famille, est venu à la maison. Elle était ravie de voir son fils, sa belle-fille, son petit-fils et sa petite-fille réunis chez elle. Ce fut une agréable surprise pour elle. Son fils, lui, est attristé par la vieillesse et la solitude de sa mère. Il estime qu'elle ne devrait plus vivre seule. Comme il serait merveilleux que cette fois-ci, elle puisse également les accompagner à l'étranger et y rester pour toujours. Ce serait un grand plaisir d'avoir une famille complète et personne ne se sentirait seul. Il aexprimé ses pensées à sa mère : "Mère, tu devrais aussi nous accompagner cette fois-ci. Vous apprécierez d'être avec nous, vos propres enfants. Cela nous rendra heureux et nous pourrons prendre soin de vous".

Sa mère était très heureuse de savoir que son fils s'inquiétait pour elle et souhaitait sa présence permanente chez lui. Même à ce moment-là, en raison de son grand attachement à son lieu de naissance, à sa maison et à son jardin, elle ne pouvait pas accepter cette proposition de quitter le village et de s'installer définitivement à l'étranger. Sa maison actuelle lui procure un sentiment de paradis. Elle a donc préféré rester fidèle à son ancienne routine et à son mode de vie. Son fils n'a donc eu d'autre choix que de retourner auprès de sa famille à l'étranger. Sheetala Mata poursuivit sa routine quotidienne habituelle, satisfaite de son lieu de naissance, de son village, de sa maison, de son jardin et de la verdure de la nature.

La voie de l'honnêteté

Pragati était une fille intelligente. Elle a étudié en huitième année. Elle était d'une nature humble et d'un esprit très vif. Elle faisait partie des enfants les plus intelligents de sa classe. En sport, elle n'a jamais été à la traîne. Qu'il s'agisse de jouer au cricket dans le quartier ou de participer aux événements sportifs de l'école, elle a toujours été une participante active. Sa famille, ses voisins et ses proches l'ont toujours félicitée. Comme c'était une fille au grand cœur, les enfants de sa classe essayaient parfois de profiter d'elle. Qu'il s'agisse de tests ou d'examens, les enfants autour d'elle essayaient toujours d'épier sa copie et lui demandaient de les aider de manière déloyale. Comme il est nécessaire de respecter les règles pendant les examens, les surveillants ont essayé de maintenir une discipline stricte dans les salles d'examen. Les élèves commençaient toujours à discuter entre eux une fois que les enseignants étaient hors de vue. Les conversations inutiles sont toujours interdites pendant les examens. Selon le système d'examen, cela est généralement considéré comme un moyen déloyal. Cependant, tous les élèves ne connaissent pas l'importance des règles et ne les respectent pas scrupuleusement. Pragati avait l'habitude de préparer correctement l'ensemble de son programme pour l'examen et n'a jamais demandé d'aide inappropriée. Les autres enfants n'apprécient pas cette approche honnête. Ils ont essayé de communiquer par des gestes et ont parfois même apporté du matériel copié à la maison. Il y avait une équipe volante qui apparaissait soudainement pour attraper ceux qui copiaient les réponses et tentaient de tricher. Une fois l'examen d'histoire en cours. Ce jour-là, la classe de Pragati est supervisée par Madame Sanskriti. Elle avait déjà annoncé, alors que l'examen était sur le point de commencer, que chaque élève devait respecter le règlement de l'école ainsi que les règles de l'examen. Si un élève est trouvé en possession d'un quelconque matériel de tricherie, il sera sanctionné. S'ils ont apporté quelque chose par erreur, ils doivent le remettre au surveillant ou le jeter silencieusement dans la poubelle. L'examen a commencé et tout le monde s'est affairé pour terminer ses copies à temps. Ceux qui n'étaient pas préparés cherchaient ici et là et essayaient d'essayer de nouveaux trucs si possible. Peu de temps après, l'escouade volante est apparue. Ils ont vérifié les poches des élèves et leurs mallettes de géométrie. Certains élèves étaient très nerveux et priaient Dieu : "S'il te plaît, sauve-moi aujourd'hui. Je reviendrai toujours préparée à l'avenir.

Dès que l'équipe volante a quitté la salle, tout le monde s'est mis à l'aise. L'enseignant demandait aux candidats de terminer leur travail à temps, car ils n'allaient pas bénéficier d'un temps supplémentaire. Le professeur faisait continuellement des rondes dans la salle de classe. En s'approchant de Pragati, elle se lève et dit à l'enseignante qu'elle veut lui parler. Elle avait apporté des réponses écrites sur de petits bouts de papier qui ne pouvaient être vus par aucun des deux professeurs. Même à ce moment-là, elle a remis toutes ces choses à l'enseignante Sanskriti et lui a demandé de lui pardonner. Elle a promis de ne pas répéter cette erreur à l'avenir.

L'enseignant était très étonné. Elle n'en croyait pas ses yeux tant l'incroyable s'était produit. Elle a également été blessée par la mauvaise action de l'un de ses élèves intelligents. C'était une expérience choquante pour elle. Elle l'a même autorisée à s'asseoir chez elle et à terminer son examen.

Une fois l'examen terminé, elle a appelé Pragati dans la salle du personnel et lui a demandé pourquoi elle avait fait un si mauvais travail. Pourquoi elle a fait une chose que même les fous ne sont pas censés faire. Pragati en avait honte. Elle s'est excusée pour l'erreur qu'elle avait commise par inadvertance et a promis de ne plus recommencer à l'avenir.

"Pourquoi as-tu fait cela, Pragati ? Je ne pouvais même pas imaginer que vous puissiez le faire ?" Le professeur Sanskriti a demandé .

Le pauvre homme ne pouvait pas parler beaucoup.

Lorsqu'elle a été forcée de parler, ce n'est qu'à ce moment-là qu'elle a expliqué qu'en raison de sa maladie, elle s'était sentie nerveuse et avait perdu confiance en elle. Elle pensait qu'elle ne pourrait pas passer ses examens et qu'elle serait ridiculisée en classe et à la maison.

"Oh, ma chère ! Vous sentez-vous bien, en ce moment ?"

"Oui, Madame.

"Vous êtes très intelligente et sage. Vous ne devez pas avoir perdu confiance en vous. Même dans ce cas, je suis impressionné par votre honnêteté. Si vous suivez toujours le chemin de l'honnêteté dans la vie, vous vous élèverez toujours et obtiendrez d'excellents résultats dans chaque examen de votre vie. La vie est un jeu. Les victoires et les défaites ne signifient pas grand-chose. Le plus important est de prendre soin des valeurs et de toujours essayer de suivre le bon chemin. Tu es une bonne fille. Je vous souhaite beaucoup de succès et un avenir radieux".

Nous sommes tous, à un moment ou à un autre, dans la situation où se trouvait Pragati dans l'histoire. Nous ne savons pas toujours quel chemin emprunter, car le mauvais chemin semble toujours facile. Par conséquent, plus il y a de chances d'aller dans cette direction. Même dans ce cas, nous devons rester sur la voie de l'honnêteté car, à long terme, elle donnera de meilleurs résultats.

Niranjana

Lorsque Niranjana et son frère Nikhil sont descendus du bus scolaire, ils ont franchi le portail de l'école. Traversant les longs couloirs de l'école, tous deux se rendent dans la classe de Nikhil. Le laissant dans la classe, elle se précipite dans la sienne. Arrivée sur place, elle pose son sac sur son siège et salue ses amis qui sont déjà avec elle. Niranjana arrivait toujours à l'école un peu plus tôt que l'heure prévue, car son bus venait la chercher à l'arrêt le plus proche au premier tour. Les enfants arrivés au cours de la deuxième phase arrivent généralement à l'école un peu plus tard que les premiers. Avant la prière du matin, elle bavarde avec ses amis, puis va voir le professeur pour lui demander s'il y a des tâches à accomplir. Shalini était son amie la plus chère et la plus proche. Elle lui réservait un siège et l'assistait dans toutes ses tâches. Aujourd'hui encore, elle est sortie avec Shalini pour trouver le professeur qui dirigeait l'assemblée de prière.

"Regarde, Shalini ! Notre Madame Pragya arrive. Allons lui demander si elle nous donne le registre de présence de notre classe. Elle semble surchargée par tant de choses qu'elle tient dans sa main.

"En disant cela, les deux amis ont commencé à se diriger vers la direction par laquelle Ma'am Pragya s'approchait.

"Bonjour, madame", l'ont-ils saluée avec respect.

"Bonjour les enfants. Comment allez-vous ? Madame a souri.

"Madame, grâce à vos bénédictions, nous nous portons bien."

"Madame, si cela ne vous dérange pas, pouvons-nous apporter le registre de présence à la classe ? Madame, s'il vous plaît. Donnez-le nous. Nous le garderons dans la classe. S'il vous plaît, madame", lui ont-ils demandé en attendant sa réponse.

Madame a souri et a remis sans tarder la caisse à Shalini. Les filles se sont senties admirées et se sont dirigées avec plaisir vers leur salle de classe.

Les deux amis attendent maintenant que leur respectable professeur entre en classe. Lorsque Madame est arrivée, tous les enfants se sont levés et l'ont saluée. Ma'am les a bénis et leur a demandé de s'asseoir. À ce moment-là, Ma'am a appelé Shalini et Niranjana pour leur donner des instructions. Soudain, la cloche retentit. C'est maintenant l'heure de la prière. Tous les élèves ont fait la queue pour participer à l'assemblée de prière.

Shalini et Niranjana ont déjà atteint la salle de prière avant les autres. Ils y ont repéré Sunila ma'am, qui supervisait les programmes pour enfants. D'autres enfants étaient également présents. Ils lui ont parlé de leur performance ce jour-là. Lorsque l'enseignante a remarqué que les filles se tenaient là, elle les a guidées de la même manière.

"Voulez-vous présenter quelque chose à l'assemblée de prière d'aujourd'hui ?

"Oui, madame. Je vais raconter une histoire", a répondu Niranjana. Elle semble très heureuse en ce moment.

"Et je vais réciter un poème", a répondu Shalini.

"D'accord, je vais noter vos noms. Vous souvenez-vous bien de tout ? Laissez-moi l'entendre une fois", a demandé Sunila ma'am.

Les deux filles étaient très actives et intelligentes. Leurs présentations ont été bien accueillies. Niranjana a raconté une histoire que sa grand-mère lui avait racontée la nuit dernière. Il ne s'agissait que d'une répétition en vue de la représentation proprement dite.

Tous les enfants sont maintenant rassemblés dans l'auditorium. Comme d'habitude, une prière collective a eu lieu. Les instruments de musique accompagnant les douces mélodies de la prière, on avait l'impression que les cordes du cœur se mettaient à vibrer. Après la prière, les enfants ont présenté des programmes culturels. Niranjana a raconté l'histoire d'un voleur qui, grâce à son habitude de dire la vérité, est devenu ministre dans une cour royale. Tous les enfants et les enseignants ont applaudi à tout rompre.

Aujourd'hui, Niranjana est très heureuse. Elle a décidé d'étudier assidûment et de faire quelque chose de sa vie. Elle n'oubliera jamais de respecter ses aînés.

L'après-midi, à la fin de l'école, tout le monde est monté dans le bus scolaire et est arrivé à son arrêt. Leur mère les attendait avec impatience. Sur le chemin du retour, Nikhil et Niranjana racontaient toutes les activités scolaires à leur mère, qui les écoutait attentivement, marchant main dans la main avec les enfants vers la maison.

Adorable Gracie

Gracie était un charmant garçon de huit ans. C'était un vilain garçon. En classe de quatrième, il grandit lui aussi. Comme la plupart des enfants de son âge, il s'intéressait peu aux études et davantage aux jouets. Il aimait aussi se promener ici et là et perdait son temps à faire des bêtises.

Il avait un ami nommé Siddhi, qui était dans la même classe que lui. Les maisons de ces deux enfants n'étaient pas très éloignées les unes des autres. Gracie voulait jouer avec Siddhi toute la journée. Mais Siddhi n'avait pas le droit de le faire sans la permission de sa mère. La condition était qu'elle devait d'abord terminer ses devoirs. La situation était la même à l'école. Siddhi était plus attentive à ses études, tandis que Gracie cherchait toujours quelqu'un avec qui jouer. Lorsqu'il ne trouvait personne, il jouait avec sa gomme à effacer ou la balance. Il lui arrivait aussi de se faire gronder par ses professeurs. Ce que pouvait ressentir ce pauvre créateur, il est difficile de le décrire avec des mots.

À la maison aussi, il devait souvent jouer seul. Lorsqu'il s'ennuyait un peu, il frappait à la porte de la maison de Siddhi, qui se trouvait juste à côté.

"Siddhi, Siddhi, viens dehors. Nous jouerons ensemble".

"Non, j'ai beaucoup de devoirs à faire."

"Moi aussi, j'ai des devoirs à faire. Et ensuite ? Devrions-nous ne pas jouer ? Je n'aime pas étudier tout le temps. Tu aimes ça ?"

"Même si je n'aime pas, je sais que je dois d'abord le faire. Maman m'a dit : "Étudie d'abord, joue ensuite".

"Oh ! Pas de Siddhi. Vous ne pouvez pas refuser comme ça. Comment pouvez-vous faire cela ? N'êtes-vous pas un de mes amis ? Allez, viens. Jouons d'abord. Mettez les devoirs de côté. Faites-le plus tard. J'ai aussi beaucoup de devoirs à faire. Pourtant, je m'en moque. Je le ferai plus tard."

"Non, non. Ce n'est pas juste. Vous le ferez plus tard. Vous rentrez maintenant chez vous et vous jouez là-bas. Veuillez m'excuser. Si je n'aime pas être puni à l'école".

En entendant cela, Gracie était triste. Mais il n'avait pas le choix. Il prend le chemin de sa maison. Lorsque Siddhi a terminé ses devoirs, elle se rend chez Riddhi, qui habite à proximité. Siddhi a emporté sa belle poupée et d'autres jouets. Riddhi avait une cour dans sa maison. Ils y ont joué un long moment, puis se sont dirigés vers le jardin et ont joué à l'ombre des arbres. Riddhi et Siddhi ont pris plaisir à jouer au jeu de la maison. Ils fabriquaient des pots d'argile et jouaient avec. Ensuite, le jour a fait une fausse cuisine et a fait cuire des aliments. Après avoir agi comme leurs mamans lorsqu'elles sont fatiguées, alors qu'elles prévoyaient de remballer le jeu, Gracie est venue les rejoindre. Il voulait jouer avec eux. Les trois ont alors prévu de lancer un nouveau jeu, le jeu de l'école. Siddhi a alors joué le rôle de professeur, et les autres ont dû devenir des élèves. Ils ont joué et se sont beaucoup amusés.

Siddhi a apporté son carnet de notes et a écrit les noms des étudiants qui jouaient. Il y a eu une bonne participation, puis les études habituelles se sont poursuivies. Il y a d'abord eu le cours de mathématiques, puis le cours d'hindi. Une fois que les élèves ont terminé leurs écrits, l'enseignante Siddhi a fait le travail de correction et leur a remis les cahiers. Les enfants ont beaucoup apprécié. Le soleil était sur le point de se coucher et leurs mères les ont appelés à rentrer chez eux. Les enfants ont été contraints de rentrer chez eux.

Les enfants ont leur propre monde. Ce sont des créatures adorables. Ils s'amusent de différentes manières et veulent rester là pour toujours. Il s'agit de Gracie, Siddhi et Riddhi.

À la maison, Gracie n'avait personne avec qui jouer. Il avait l'habitude de jouer seul. Sa sœur aînée n'aimait pas du tout jouer avec lui. Lorsqu'il insistait pour jouer avec elle, elle commençait à lui enseigner. Gracie s'ennuie beaucoup.

Le père de Gracie devait travailler dans un bureau très éloigné de la ville. Il a dû y rester et ne rentrait chez lui que le week-end. Sa mère est également une femme active. Elle se rendait également au travail tous les jours. De retour chez elle, elle s'occupe des tâches ménagères. Gracie insistait pour qu'elle lui raconte une histoire et elle trouvait souvent des excuses pour l'éviter. Gracie se mettait en colère à cause de tout cela. Il se mettait parfois en colère et ne parlait à personne. Mais il n'a pas pu montrer sa colère pendant longtemps. Ensuite, ils se sont tous amusés et les éclats de rire ont fusé. La sœur de Gracie a aidé sa mère au travail. Ensuite, ils se sont amusés à regarder un film d'animation ou toute autre chose intéressante à la télévision.

Gracie était elle aussi une passionnée de cuisine. Il aimait manger une variété de plats savoureux. Il a eu faim après un court laps de temps. Cela se produisait généralement après de courts intervalles de temps et obligeait à aller à la cuisine pour chercher quelque chose à manger. Il mangeait tous les chocolats qui se trouvaient dans le réfrigérateur. Lorsque des chocolats et des fruits étaient conservés, il ne regardait même pas les fruits. Une fois, la même chose s'est produite. Gracie a eu envie de manger quelque chose.

"Que manger et à qui demander ? Comme la mère est malade, je dois me débrouiller seule. Viens, Gracie." pensa-t-il. "Je dois absolument trouver quelque chose dans la cuisine." En pensant cela, il ouvre le réfrigérateur.

"Oh non ! Le réfrigérateur est vide. Comment est-ce possible ?" Il était surpris et triste aussi. Il n'a pas abandonné et a continué à fouiller chaque étagère et chaque récipient. Et ses efforts n'ont pas été vains. Il y avait quelque chose. "Ai-je quelque chose qui vaille la peine d'être mangé ?" Il a ouvert un récipient et a goûté quelque chose qui ressemblait à du sel.

"Oh oui... C'est le plus savoureux". Il s'agissait d'un récipient rempli de glucose. Il s'est assis avec le récipient et la cuillère et a pris beaucoup de plaisir à manger.

Maintenant, c'est devenu une routine quotidienne de se nourrir avec le glucose, car sa mère en a stocké une grande quantité. En quelques jours, le stock s'est progressivement épuisé. La pauvre Gracie se retrouve alors dans l'embarras. Chaque fois qu'il avait faim, il ne trouvait rien à manger. Il se rendait régulièrement dans la cuisine et fouillait dans toutes les boîtes. Mais je n'ai rien trouvé de plus.

De nombreuses choses doivent être stockées dans la cuisine, car il est très difficile pour une mère qui travaille de courir au marché à chaque instant.

Un jour, sa mère a également eu besoin d'eau glucosée. Elle a demandé à son fils Gracie de l'apporter. Mais il a refusé. Lorsqu'elle s'est rendue elle-même dans la cuisine et a essayé de trouver les récipients de glucose, elle n'a pas trouvé un seul grain.

"Gracie, Gracie, viens ici ! Il y avait beaucoup de glucose stocké ici. Où est-il maintenant ?"

"J'ai tout mangé, maman. J'avais très faim".

"D'accord. Mais il doit rester quelque chose. Cherchez-le et apportez-en un peu pour moi aussi."

"Non, maman. Il ne reste plus rien. J'ai cherché partout avec minutie".

"Fils, il y avait un stock assez important. Six conteneurs d'un kilogramme chacun. Comment as-tu pu manger autant de glucose ?"

Puis Gracie est devenue maman. Il s'est contenté de baisser la tête. La maman regarde sa fille qui se tient également à proximité. Elle souriait. La colère de maman s'est évaporée, et elle n'a pas pu lui crier dessus, mais elle a ri de son visage innocent.

"C'était du pain et du beurre ? Qui mange du glucose en si grande quantité ? Et quand il a été terminé, pourquoi ne pas me l'avoir dit ? Je comprends maintenant ce qui vous est arrivé. Pourquoi grossis-tu ces jours-ci ? Tu devrais manger des fruits".

"Maman, tu n'as pas apporté de fruits. Que puis-je faire ? J'avais vraiment, vraiment faim. Tu me dis ce que j'aurais dû manger ?"

"Oh, vous auriez pu aller au marché et acheter des fruits vous-même, n'est-ce pas ?" Il a ensuite serré son fils dans ses bras avec amour et lui a dit : "Viens avec moi. Nous irons au marché pour acheter quelques produits de première nécessité. Tu apprendras aussi à faire les courses pour pouvoir t'occuper de ta mère quand elle est malade et ne pas avoir faim toi-même".

Ensuite, ils sont allés tous les trois au marché et ont fait de nombreuses emplettes. Ils ont apporté les produits de première nécessité, le riz, les légumes secs et le sucre. Ils ont ensuite acheté des chocolats, des glaces et des fruits. Ils sont rentrés chez eux heureux. Gracie se sentait maintenant très heureuse.

Le secret de la victoire

Ses doigts glissent continuellement sur l'écran du téléphone portable. Il se sentait comme le roi d'une dynastie. Le roi, non seulement par son nom, mais aussi par sa façon royale de vivre et de faire tout ce qu'il veut, a fait du garçon nommé Raja un véritable roi ou un prince.

Raja était un garçon de quinze ans. À force d'être choyé, il avait pris de mauvaises habitudes et était devenu un garçon paresseux.

Il avait l'habitude de se réveiller tard le matin. Dès qu'il se réveillait, il prenait automatiquement son téléphone portable et commençait à le faire défiler. Soit il jouait aux jeux vidéo, soit il discutait avec ses amis. En fait, c'est comme s'il avait développé une dépendance à l'égard des téléphones portables. Le smartphone était comme un ami rapide avec lequel il voulait rester toujours.

"Raja, O Raja ? Où es-tu ?", a crié la mère alors que le smartphone était posé sur la table de sa chambre.

"Jesuis surpris. Comment le téléphone de mon enfant est-il isolé ? Il doit être occupé dans la salle de bains et nulle part ailleurs". La mère était inquiète.

Elle avait raison. Raja était dans la salle de bains. Lorsqu'il a ouvert la porte, il est entré dans la cuisine et a demandé un verre d'eau.

"Oh, le Raja Sahib est arrivé. Les serviteurs doivent être là pour le servir". Elle se moque.

Raja n'a pas répondu. Il sait que sa mère est en colère. Il prend un verre, le remplit d'eau et boit. Il est maintenant satisfait.

Il retourna dans sa chambre et s'étendit à nouveau sur le lit. Après être resté allongé un moment, il a repris le téléphone portable en main et a commencé à jouer. Il a passé toute la journée avec et n'a rien demandé d'autre.

C'est maintenant l'après-midi. La mère l'a appelé.

"Raja, O Raja. Sortez et rejoignez-nous à la table à manger".

"Non, je suis bien ici."

"Tu vas faire un jeûne aujourd'hui ? Sinon, sors et mange un peu". Elle a ajouté.

Mais Raja n'a pas écouté. Il était toujours avec son téléphone.

Bien que, il se sentait fatigué et avait faim. Même là, il ne voulait pas sortir de sa chambre. Il est resté assis les yeux fermés pendant quelques minutes en s'appuyant sur son oreiller. Il avait faim. Il ressentait également une légère douleur au niveau des yeux à force de fixer l'écran de son téléphone portable. Il avait interrompu le jeu auquel il jouait. Il savait que sa mère apparaîtrait avec une assiette remplie de mets savoureux. Et la même chose s'est produite. Il a apprécié le goût de la nourriture chaude et grésillante.

Il est maintenant temps de dormir. Il ferme les yeux un court instant. Le portable à la main, il dort. Lorsque sa mère l'a vu dormir dans cette position, elle lui a pris le smartphone des mains et l'a laissé dormir confortablement.

En raison de sa négligence et du fait qu'il regardait continuellement l'écran du téléphone, la vue de Raja ( ) s'est affaiblie et il a commencé à ressentir des maux de tête la plupart du temps. Le problème ne pouvait pas être caché à ses parents et ils ont jugé nécessaire de consulter un ophtalmologiste. Le médecin a fait passer un examen de la vue à Raja et lui a conseillé de porter des lunettes adaptées. Le temps et la marée n'attendent personne, dit le proverbe. Lentement, le temps passe et l'examen semestriel arrive.

En fait, Raja n'était pas assidue à l'école. Il a manqué la plupart de ses cours à cause de son addiction au smartphone. Dès que Raja a appris l'existence de la feuille de route par l'un de ses amis, il s'est inquiété. Le lendemain, il s'est rendu à l'école pour suivre les cours normaux.

"Maintenant, Raja, que vas-tu faire ? On se retrouve avec une période de temps très courte et cela semble couvrir l'ensemble du programme d'études. Il a commencé à se parler à lui-même. Il était en fait inquiet et réalisait son erreur d'avoir perdu du temps. Une grande cible se trouve maintenant devant lui et il ne sait pas quoi faire à ce moment-là. Il n'a jamais pris ses études au sérieux. Et son amitié avec le téléphone portable lui a posé un problème. Quoi qu'il en soit, il n'est pas prêt à abandonner. Il décide de travailler dur et de gagner la bataille. Il n'était pas trop confiant mais il s'est promis de s'améliorer. Ses amis et ses professeurs l'ont aidé à cet égard. Il a rapidement réussi à terminer toutes ses leçons et tous ses devoirs et les a montrés à ses professeurs respectifs. Ensuite, il a dû tout étudier à fond et mémoriser. En raison de l'abondance du programme et du manque de temps, Raja ne pouvait même pas dormir correctement.

Le jour de son premier examen, il est arrivé dans la salle d'examen et s'est assis. Il a prié Dieu en fermant les yeux pendant un moment. Lorsque le questionnaire est apparu sur sa table, il a failli s'évanouir pendant un moment, car il n'arrivait pas à se rappeler ce qu'il avait étudié et appris à la maison. Toutes les réponses aux questions se mélangent dans son esprit. De toute façon, il devait écrire quelque chose car il ne pouvait pas laisser la feuille de réponse vide. Il a écrit la plupart des réponses fausses. Après avoir remis la feuille de réponse au surveillant, il est rentré chez lui. Il se sentait très triste. Il pouvait aussi imaginer sa position dans les examens à venir. Quoi qu'il en soit, il devait faire de son mieux à son niveau. À la fin de l'examen, il s'est senti détendu. Le jour où les résultats de l'examen ont été annoncés, Raja a obtenu moins de points qu'il ne s'y attendait. Ses parents n'étaient pas non plus satisfaits de ses performances.

Quelques mois plus tard, Raja a dû se présenter aux examens de son conseil d'administration. Les parents de Raja ont décidé de l'aider dans ses études car ils pensaient qu'il ne pourrait pas s'en sortir sans leur aide.

Un jour, le père de Raja l'a appelé pour lui parler de ses études ?

Il a dit : "Mon fils, comme tu as vu tes résultats à mi-parcours, quelles sont les stratégies que tu as prévues pour passer les épreuves du baccalauréat et du baccalauréat ? Vous avez dû y réfléchir ? Est-ce le bon moment pour discuter de ces choses avec vous ?".

Raja n'a pas pu répondre. Il a gardé le silence. Il a également pris conscience de ses erreurs passées et de la nécessité de travailler dur et de manière planifiée à l'avenir.

"Qu'avez-vous accompli en passant votre temps avec ce smartphone ? Vous avez consacré votre avenir à cet appareil. Maintenant, allez-y et restez-y."

"Non, mon père. Je sais que j'ai eu tort".

"Alors, qu'avez-vous décidé pour l'avenir ?"

"Je ne m'en tiendrai plus à ce smartphone. Si je le fais, j'échouerai. Et je ne suis pas prêt à me réjouir de cet échec. J'ai donc décidé de mettre tous mes efforts dans les études. Je vais établir un calendrier et m'y tenir. S'il vous plaît, pardonnez-moi père pour mes erreurs passées".

L'orgueil de Raja s'est réveillé en entendant les paroles de son père. Il m'a dit : "Papa, je te promets d'étudier assidûment et de prouver mon excellence aux examens du conseil d'administration. S'il vous plaît, bénissez-moi et guidez-moi aussi.

"Raja, rien n'est impossible dans ce monde. Une fois que vous avez décidé de gagner, c'est un bon choix. Il s'agit ensuite d'avoir un plan et de s'y tenir. Vos efforts sincères sont nécessaires. Mes bénédictions t'accompagnent toujours".

Raja a changé ses habitudes à partir de ce jour-là. Il a établi un calendrier fixe à suivre. Il consacre peu de temps aux divertissements et pas du tout aux jeux vidéo. Il a également utilisé son smartphone pour ses études. C'est ainsi que Raja s'est préparé aux examens avec beaucoup de dévouement. Lorsqu'il s'est rendu dans la salle d'examen, il n'a pas eu peur du tout. Cette fois-ci, il s'est bien débrouillé et a répondu correctement à la plupart des questions.

Tous les élèves attendaient avec impatience les résultats. Lorsque les résultats de l'examen ont été annoncés, tout le monde a été étonné. Le travail acharné de Raja a porté ses fruits. Il a obtenu la première place dans sa classe. Ses professeurs lui donnent des tapes dans le dos et ses amis le félicitent. Les parents de Raja l'ont serré dans leurs bras, l'a couvert d'amour et l'a béni.

En fait, Raja a été très intelligent dès le début. C'est pourquoi il est devenu quelque peu négligent et trop confiant. Ensuite, le smartphone est entré dans sa vie et a créé de nombreuses perturbations dans ses études et sa santé. Ainsi, mes chers enfants, la plupart du temps, vous pouvez ressentir une telle situation dans la vie. Dans ce cas, vous devez savoir qu'il n'y a pas d'alternative au travail acharné. Et si vous investissez régulièrement votre temps dans vos études dès le début, vous n'aurez pas l'impression de devoir travailler trop dur. Les études peuvent devenir très intéressantes. Vous pouvez également consacrer du temps aux jeux et aux divertissements.

La planification et le travail acharné sont en effet les secrets de la réussite. Raja avait également appris la leçon.

Les notes mélodieuses

Noni et Neenu étaient les meilleures amies du monde. Tous deux étaient des adolescents, âgés d'environ quinze ou seize ans. Ils étudient ensemble depuis leur enfance. Le lien d'amitié qui les unit se renforce de jour en jour.

Les maisons où vivaient les deux filles n'étaient pas si  proches les unes des autres. Ils étaient éloignés l'un de l'autre et se trouvaient dans deux localités différentes. Comme ils étudiaient dans la même école et partageaient la même classe, ils avaient suffisamment de temps à passer l'un avec l'autre. Les deux jeunes filles étudiaient en neuvième année. Tous deux étaient sincères et s'entraidaient dans leurs études.

Noni était légèrement plus grande et plus forte, tandis que Neenu était mince et avait une apparence ordinaire. En fait, l'apparence n'est pas synonyme de personnalité, car la personnalité globale d'une personne est une combinaison de diverses qualités, d'attitudes et de valeurs morales. C'est pourquoi nous ne pouvons pas juger les gens uniquement sur leur apparence. Nous savons tous que la véritable amitié est un don de Dieu. Les personnes chanceuses sont dotées de ce don précieux. Les vrais amis se complètent souvent. Chaque être humain a des défauts et personne n'est parfait. Chaque personne commet de nombreuses erreurs dans sa vie. Aucun être humain n'est parfait dans ce monde. Nous avons tous l'un ou l'autre défaut. En outre, le fait d'avoir des amis fidèles nous permet de nous sentir parfaits sans faire d'efforts particuliers.

L'amitié entre Noni et Neenu était ainsi. Lorsque l'une des deux devait s'absenter de l'école, l'autre l'aidait à faire tous les devoirs de la journée. Ils se sont entraidés. Ils ont donc tous deux excellé dans leurs études.

Noni aimait la musique. Elle aimait aussi chanter. Chaque fois qu'elle essayait, elle sentait qu'elle ne pouvait pas bien chanter. En revanche, Neenu chantait un peu. Un jour, alors que Neenu fredonnait un air, ce secret fut révélé à son amie Noni. Elle l'apprécie. Elle se sentait triste parce que sa voix n'était pas très bonne et qu'elle n'était pas capable de bien chanter. Elle décide alors d'écouter son amie et d'essayer d'apprendre à chanter. Elle demande à Neenu de lui donner des cours, mais Neenu elle-même n'est pas une enseignante parfaite. Elle a déclaré : "Pourquoi ne devrions-nous pas parler à nos parents à ce sujet ? Ils pourraient organiser un cours de musique pour nous deux, car j'ai moi aussi besoin d'apprendre beaucoup de choses. Je ne suis pas très doué pour la musique".

Noni comprend ce que son amie veut dire. Elle lui dit qu'elle se rendra chez Neenu le dimanche suivant. Neenu était heureuse. Elle a raconté toute la conversation qui s'est déroulée entre les amis et son souhait également.

Les enfants sont des créatures très innocentes. Ils sont très clairs et nets au niveau de leur conscience. Ils n'ont pas l'habitude de garder des rancunes dans leur cœur. Ils ne peuvent s'empêcher d'être directs parce qu'ils ne ressentent pas le besoin de l'être autrement. Au fur et à mesure qu'une personne passe de l'enfance à l'adolescence, la simplicité de sa personnalité commence à s'estomper et elle crée plusieurs couches ou masques autour d'elle. C'est ce que nous appelons la "mondanité". Imaginez ce qui serait arrivé au monde si tous les gens avaient été des enfants. Il n'y aurait alors ni bagarre, ni querelle, ni jalousie. Tout le monde peut rester dans l'amour et la paix. Le monde ne serait-il pas plus agréable à vivre ?

Finalement, le dimanche arriva où Noni dut se rendre chez Neenu. Il était environ dix heures du matin. Neenu avait déjà informé sa famille de la venue de son ami spécial. Maman a préparé un petit déjeuner spécial pour l'invité spécial, et tout le monde s'est réuni autour de la table à manger. Les pakoras de pain étaient délicieux. Ils l'ont tous apprécié, de même que la conversation. Maman a parlé à Noni de sa mère et d'autres membres de la famille. D'autres personnes ont également participé aux conversations. Après le petit-déjeuner, Neenu a fait visiter à Noni toute sa maison, puis l'a ramenée dans sa propre chambre.

"Noni, viens. Regardez cette pièce. C'est ma salle d'étude ? Comment cela se passe-t-il ? Asseyons-nous et détendons-nous. Venez. Prenez cette chaise". Elle désigne l'une des chaises et prend l'autre pour elle.

Là, ils se sont assis pendant un long moment. Ils ont continué à parler de différents sujets. Ils ont ensuite commencé à jouer au Scrabble. Noni était heureuse. Par la suite, alors qu'elles partageaient des cahiers, elle a remarqué que Neenu avait écrit quelques chansons sur les dernières pages de son cahier. Noni a demandé : "Neenu, chante pour moi, s'il te plaît. Cela me rendra heureux". Lorsque Neenu a chanté la chanson, elle était ravie d'entendre sa voix mélodieuse. Le soir, après avoir joué et s'être beaucoup amusé, Noni a souhaité rentrer. Elle a dit au revoir à tout le monde et est repartie.

De retour à la maison, Noni commence à insister quotidiennement auprès de sa mère sur le fait qu'elle veut aussi apprendre la musique vocale. L'idée lui plaît également. Sa mère avait déjà envisagé d'introduire officiellement l'éducation musicale auprès de sa fille. Les parents des deux jeunes filles se sont donc entretenus à ce sujet. Il y avait une école de musique dans la ville. Les deux amies, Neenu et Noni, y ont reçu une éducation musicale classique. Ils devaient également s'entraîner à chanter à la maison. En quelques mois, ils ont appris les bases de la musique. Chaque fois qu'ils chantaient ensemble, l'environnement devenait joyeux grâce à leur douce voix mélodieuse. Tout le monde était heureux à la maison et à l'école et appréciait les efforts des deux filles.

Grandmaa et Amisha

"Grand-mère, ô ma chère grand-mère, où es-tu ? Cela fait longtemps que je vous cherche partout ? Tu joues à cache-cache avec moi ?" Amisha, une fillette de dix ans, courait çà et là dans sa maison. En se promenant, elle aperçoit sa grand-mère assise dans la salle de prière. Elle se dit : "Ne serait-il pas préférable d'attendre un peu plutôt que d'aller la déranger pendant ses prières ?" Et la petite Amisha se tint à distance. Mais elle ne pouvait pas attendre plus de quelques minutes. Elle s'est rapprochée de Grandmaa et a commencé à la troubler.

"Oh, Amisha, c'est toi. Je peux vous identifier à tout moment, même les yeux fermés. Oh ! Allez, vilaine poupée. Laissez-moi d'abord. Ce n'est qu'à ce moment-là que je pourrai écouter ce que tu as à dire", lui a dit sa grand-mère. La petite Amisha était un peu méchante. La plupart du temps, elle voulait que quelqu'un joue avec elle. À la maison, sa grand-mère était sa meilleure amie. Elle a toujours essayé de rester avec elle. Soit ils parlaient beaucoup, soit la petite voulait raconter des histoires, des comptines ou ses expériences à l'école. Parfois, elle était curieuse d'écouter les histoires de sa grand-mère.

Quelle belle chose que Dieu a créée. L'amitié des jeunes et des moins jeunes. Tous deux aiment la compagnie de l'autre car ils en ont le plus besoin. Les petites créatures ont toujours quelque chose à dire et à partager avec leurs proches. Les grands-parents savent comment faire face à tout ce que les plus jeunes aiment faire. Il en était de même pour la grand-mère et Amisha, sa petite-fille.

Une fois les prières terminées, la grand-mère a eu besoin de soutien pour se lever. Elle soutient les bras d'Amisha, se lève et sort de la salle de prière.

Amisha jouait beaucoup avec sa grand-mère. Dès qu'elle voyait sa grand-mère avoir un peu de temps libre, elle commençait à lui parler. Elle ne s'est pas contentée de jouer avec elle, elle a également partagé avec elle tous les événements de sa journée. Toutes les histoires de son école et tout le reste, elle les avait en tête. Ses parents exerçaient une profession libérale et n'avaient pas de temps libre à consacrer à leur fille. Son grand-père était toujours occupé à lire le journal ou à regarder la télévision. Parfois, il aime lui aussi jouer avec la créature la plus mignonne de la maison.

Ainsi, le duo grand-mère et Amisha était très proche et fonctionnait bien. Ils essayaient quelque chose de nouveau chaque fois qu'ils en avaient le temps.

La grand-mère est assise sur le canapé dans le hall d'entrée. Amisha est également venue et s'est prosternée sur ses genoux. Elle a serré sa petite-fille dans ses bras et l'a fait asseoir près d'elle. Elle lui a ensuite demandé ce qu'elle voulait dire pendant les prières.

"Grand-mère, qu'est-ce que tu faisais là ?"

" Je priais Dieu."

"Pourquoi pries-tu Maa ?

"Je prie pour votre bien-être et pour le bien-être de tous."

"Est-il nécessaire que chacun prie quotidiennement ?

"Oui, ma chère. Chacun doit prier au moins une ou deux fois par jour".

"Dieu nous entend-il ?

"Oui, Dieu entend nos prières et y répond aussi.

"Si je ne prie pas, Dieu me punira-t-il ?

"Non, Dieu nous aime tous. Pourquoi va-t-il nous punir sans raison ?"

"Grand-mère, certains disent que Dieu nous punit. N'est-ce pas vrai ?"

"En fait, Dieu n'aime que nous. Nous sommes punis pour nos propres erreurs. Ton professeur ne te punit-il pas chaque fois que tu fais des bêtises en classe ?"

"Oui, elle le fait".

"Elle ne t'aime pas ?"

"O Grandmaa, c'est elle qui m'aime le plus".

"Ma chère, c'est la même chose avec Dieu. Vous vous en souvenez maintenant. Nous sommes punis pour nos mauvaises actions. C'est l'amour et l'attention de Dieu qui nous nourrissent et nous rendent assez sages pour faire les bonnes choses au bon moment, ainsi que l'acte de bonté".

"Oh ! Grand-mère. Tu es ma grand-mère la plus adorable. Je prierai aussi Dieu dès maintenant pour que je sois plus sage que je ne le suis aujourd'hui. N'est-ce pas ?"

"C'est vrai, mon enfant. C'est tout à fait exact". Et elle a serré Amisha dans ses bras.

"Grand-mère, j'ai entendu que tu demandais quelque chose à Dieu. Pouvez-vous me dire de quoi il s'agit ?"

"Pourquoi pas ? Je ne manquerai pas de vous le dire. Je demandais à Dieu d'inspirer ma petite-fille pour qu'elle me fasse du thé aujourd'hui".

"Moi, grand-mère ? Vous vous moquez de moi ? Comment puis-je préparer du thé pour vous tant que je ne sais pas comment il est préparé ?" demande Amisha avec surprise.

"Viens, ma poupée. Il n'y a pas lieu de s'inquiéter. Passons d'abord à la cuisine. Ensuite, je t'apprendrai à préparer une tasse de thé".

"Grandmaa, je peux aussi l'apprendre sur YouTube".

"Bien sûr, vous pouvez tout apprendre sur YouTube, mais vous aimerez l'apprendre de moi, car je suis avec vous en ce moment. Lorsque vous préparerez le thé, je m'occuperai de vous. Pour l'instant, comme tu es trop petit, il est essentiel que je sois avec toi. Vous ne savez même pas vous servir correctement du gaz et de la poêle à frire".

Amisha hésite. Elle voulait faire tout le travail dans la cuisine, seule et à sa manière. Elle avait une grande confiance en elle et en ses expériences sur YouTube. En revanche, sa grand-mère avait foi en ses propres expériences de vie.

Il a donc été décidé que la grand-mère et Amisha prépareraient le thé ensemble et elles se sont dirigées vers la cuisine.

La douche isolée

Il y a longtemps, dans une ville appelée Rampur, vivaient deux amies nommées Leelavati et Kalavati. Les deux femmes étaient voisines et amies proches. Une rumeur circule à propos des femmes : chaque fois qu'elles se rencontrent, elles parlent trop et le centre de leur conversation est la critique des autres. Bien qu'il s'agisse de rumeurs, les gens  commencent parfois à y croire sans le savoir. Nous devons savoir que critiquer les autres sans raison n'est pas une bonne habitude. Certaines personnes développent la maladie lentement, même si elles n'en sont pas conscientes.

Le comportement de ces deux amis était contraire à cela. Ils n'ont jamais aimé proférer des calomnies sur les autres. Ils aimaient partager les joies et les peines des uns et des autres ou se concentraient sur la résolution d'un problème réel. Lorsqu'ils n'avaient rien d'autre à faire, ils partageaient des plaisanteries et riaient de bon cœur.

Le mari de Kalavati travaillait comme employé de banque, tandis que celui de Leelavati était orfèvre. Tous deux avaient des enfants scolarisés. Chaque fois qu'ils avaient du temps libre, ils se retrouvaient à la maison. Le temps s'écoule ainsi. Aucun des deux n'aimait perdre son temps libre en bavardages et ils ont donc commencé à planifier quelque chose de nouveau et de créatif. Ils étaient à la recherche d'une idée qu'ils pourraient mettre en œuvre dans la réalité. Cela leur donnerait du travail et de l'argent. Travailler ensemble sera un plaisir pour eux. Même si ce n'était pas un travail facile. La création et le développement d'une nouvelle entreprise nécessitent toute l'attention, le temps, les connaissances et le dévouement nécessaires.

Cependant, ils n'étaient pas obligés de gagner de l'argent car les finances du foyer étaient tout à fait suffisantes pour joindre les deux bouts. Même à ce moment-là, ils voulaient être plus productifs qu'ils ne l'étaient. Cela les rendrait heureux, ainsi que leurs familles. La question de savoir ce qu'ils allaient faire et quelle entreprise ils allaient créer était devant eux.

Un jour, le marché de l'or a connu une baisse. Cela a eu un effet négatif sur les affaires du mari de Leela. Bien que le marché connaisse des hauts et des bas de temps à autre. Et ce n'était pas un problème permanent.

"C'est le bon moment pour créer une nouvelle entreprise. pensa Leela.

"Kala, ma sœur, écoute-moi. J'ai une idée en tête. J'espère qu'il vous plaira également". Leela a fait part de son opinion à son amie.

"Peut-être. Laissez-moi savoir quelque chose en détail". Kala a répondu.

"Ne devrions-nous pas créer notre propre entreprise ?"

"Bien sûr. C'est une excellente idée.

"Dites-moi, quel type d'entreprise devrions-nous créer ? Devrions-nous travailler tous les deux en partenariat ?"

"Oui, sans aucun doute", a déclaré Kalavati.

"Qu'est-ce qui nous convient ? J'entends par là un démarrage dans lequel nous avons besoin d'un minimum d'aide de la part des autres membres de notre famille".

"Écoute, sœur Leela. Créons une entreprise de cornichons et de papas. Nous préparerons tous les deux ces produits au début. Au fur et à mesure que l'entreprise se développera, nous ajouterons d'autres travailleurs pour nous aider". Kalavati s'exprime avec enthousiasme.

"Oui, ça me paraît bien". Leela a apprécié son idée.

Nous apprendrons également à utiliser les nouvelles techniques pour développer nos activités". Kalavati a poursuivi.

Enfin, l'idée a été approuvée et mise en œuvre concrètement. Tous deux ont noté les matières premières et les ont achetées à l'épicerie. Ils ont apporté des légumes secs, des épices et des feuilles de calcul pour la fabrication et le séchage des papas. Ils ont apporté de nombreux légumes comme des carottes, des choux-fleurs, des piments, des groseilles à maquereau, des radis et bien d'autres encore pour fabriquer des cornichons. Ils ont acheté des conteneurs pour le stockage et l'emballage des produits.

Ainsi, les deux amis ont travaillé dur chaque jour et ont préparé les produits avec soin. Ils ont pris contact avec des commerçants prêts à vendre et à promouvoir régulièrement leurs produits. Lorsqu'ils ont réalisé leur premier gain, ils étaient très heureux. Les membres de leur famille ont également apprécié leur travail. Ils étaient également fiers. Alors qu'ils étaient tous réunis pour fêter leur premier succès, leurs enfants leur ont donné un conseil : "Maman, pourquoi ne pas vendre tes produits en ligne ?".

"Nous ne sommes pas au courant de ces choses. Les deux mères s'expriment à l'unisson.

"Cela deviendra facile, maman. Tante, nous les enfants, nous vous aiderons à cet égard. Il existe un grand nombre de sites d'achat en ligne, où divers vendeurs proposent leurs produits. La tâche ne sera pas difficile pour vous. Créez un compte vendeur et vendez vos produits sous les noms de "Leela Kala Papad" et "Leela Kala Pickles". En quelques mois, les gens deviendront friands de vos produits. N'hésitez donc pas à apprendre de nouvelles choses. Vous êtes nos mères courageuses. Nous vous aiderons beaucoup. Ne sommes-nous pas vos enfants ?" disent les enfants.

"Excellente idée ! Alors nous allons bientôt être célèbres. N'est-ce pas ?" Leelavati et Kalavati parlent ensemble. Toutes les personnes présentes ont alors applaudi.

"C'est la vérité. Ce n'est vraiment pas une blague", ont dit les enfants.

"D'accord, essayons." Les deux amis ont répondu. Ils étaient déterminés.

C'est alors que cela s'est produit. Ils ont tous travaillé ensemble. Les ventes et la production ont augmenté de jour en jour, ce qui a permis à l'entreprise d'accroître ses bénéfices. Leur entreprise a commencé à briller sur le marché. Aujourd'hui, Leela Kala est devenu une marque célèbre. C'est le résultat de la bonne volonté et des efforts conjoints de tous.

C'était une chaude après-midi d'été. Des nuages se sont répandus dans le ciel.

"Nous ne pourrons pas faire de papas et de cornichons aujourd'hui. Alors, amusons-nous un peu aujourd'hui. Parfois, nous devrions faire une pause ", en pensant cela, Kalavati a appelé Leelavati sur son téléphone, " Leela sister ! Venez vite par ici."

"Que s'est-il passé, ma chère ? Tout va bien ?"

"Tu passes en premier. Il y a une surprise pour vous".

"Oh ! Non. Dites-moi, s'il vous plaît. Je viendrai certainement. Dès que j'aurai terminé ma tâche, j'apparaîtrai devant vous".

"Alors, écoutez ma sœur. Regardez le ciel. Il fait si beau. Ne serait-ce pas une bonne idée de prendre le thé et de grignoter ensemble ? Je vous en prie. Venez sans tarder. Je vais à la cuisine pour préparer des pakoras et du thé".

"C'est une bonne idée. J'ai commencé à avoir l'eau à la bouche. Je serai là dans quelques minutes avec un délicieux chutney à la menthe et à la coriandre". Leela a répondu et a raccroché. Elle s'est ensuite attelée à la préparation de la sauce. Il n'a fallu que dix minutes pour que la sauce soit prête. Leela a versé le contenu dans un bol en verre et, le tenant dans ses mains, a rejoint le lieu de la fête. Tous l'attendent avec impatience.

"Viens Leela. Oh ! c'est très joli. Son goût est agréable. Asseyez-vous et prenez votre assiette". Kalavati a dit.

Tous ont commencé à servir les plats dans leurs propres assiettes. Kala a servi le thé à tout le monde. Tout le monde a apprécié les collations, le thé et la compagnie des autres, ainsi que le beau temps.

La vue extérieure était visible depuis la fenêtre. Le temps était agréable et une brise froide soufflait. Au bout d'un certain temps, il s'est mis à pleuvoir. Il y a eu une douche isolée au début. Soudain, il s'est mis à pleuvoir abondamment. Les plantes et les arbres semblaient heureux et manifestaient leur plaisir en bougeant leurs branches comme des bras. Tout l'environnement est devenu très vivant. Après le goûter, les gens ont beaucoup profité de la fraîcheur. Les deux amis commencent à parler et les enfants sont occupés à leurs jeux. Lorsque la pluie a cessé de tomber, un bel arc-en-ciel est apparu dans le ciel.

La fille courageuse

Il était une fois une ville nommée Sitapur. Une jeune fille nommée Bawri vivait avec ses parents. Cette histoire s'est déroulée à une époque où les parents n'étaient pas très prudents lorsqu'ils choisissaient le nom de leurs enfants. Ils avaient l'habitude d'appeler leurs enfants par n'importe quel nom, celui qui leur plaisait. Le mot "Bawri" en hindi signifie "fou", mais la fille de l'histoire était tout le contraire. Lorsqu'il s'agit d'un nom, la plupart du temps, les gens prennent l'habitude d'appeler une personne par ce nom sans que personne ne réfléchisse à sa signification. C'est aussi le cas de la jeune fille intelligente Bawri. Même à l'époque, elle n'était pas satisfaite de son nom. Elle se demandait toujours ce qui se passerait si elle avait elle aussi un joli prénom comme ceux de ses amies, Uma, Rama ou Tina. Chaque fois que quelqu'un l'appelait par son nom, elle se sentait triste car elle n'aimait pas son nom. Mais elle est impuissante. Comment pourrait-elle changer de nom puisque le nom est éternel.

Un jour, alors qu'elle était assise près de sa mère, elle a vu que sa fille avait les larmes aux yeux.

"Bawri, tu pleures ? Pour quelle raison pleurez-vous ? Qu'est-ce qui a rendu ma fille triste ? Veuillez me faire part de votre problème. Il y a eu un problème ?"

"Non, maman. Rien de nouveau. Ce n'est pas si important. Je suis O.K."

"Non, il y a une raison qui vous préoccupe. Il est essentiel de le dire au moins à votre mère. Tu ne peux rien me cacher." Lorsque sa mère insiste pour qu'elle dise la vérité, elle doit parler.

La mère a été surprise d'apprendre que le nom de sa fille était devenu un problème pour elle. Elle a essayé de la satisfaire en lui disant : "Ma chère, certains des problèmes que nous rencontrons ne sont pas réels mais imaginaires. Il en va de même pour le vôtre. Vous ne devez pas vous sentir mal à l'aise avec votre nom. Personne n'y pense. Le nom n'est pas le vôtre. Ce n'est qu'un outil utilisé pour vous appeler. Les noms ne définissent pas une personne. La personne qui est en vous est identifiée par vos qualités intérieures et les actes que vous avez accomplis. Vous ne devez pas vous en préoccuper. Les gens se moquent du nom. Je suis toutefois désolé si cela vous a causé des ennuis. Je n'ai jamais eu l'idée que cela arriverait un jour".

Bawri écoute attentivement sa mère. Elle a cessé de pleurer.

Sa mère a alors commencé à l'appeler Sanvari. Elle l'aimait trop car elle était sa fille. C'était une jolie fille. Elle était aussi très sage et intelligente. Chaque fois qu'un problème se posait, elle utilisait son cerveau intelligent pour le résoudre le plus rapidement possible. Elle a lentement cessé de penser à son nom et a concentré son attention sur ses études et son travail.

C'était une jeune fille. Les jeunes enfants grandissent plus vite. Elle aussi grandissait comme une liane sauvage. Elle a développé une personnalité joyeuse. Elle était toujours occupée à lire, à jouer et à apprendre quelque chose de nouveau ou de créatif.

En réalité, la maison de ses parents était un lieu de chaos et d'effervescence pour l'enfance. Qu'il s'agisse d'une liane sauvage ou d'une liane de vie, elle prospérera et s'épanouira. Avec sa voix douce, elle rendait tout le monde heureux. Lorsque sa mère lui confie des tâches ménagères, elle n'aime pas cela. Elle avait du mal à rire et avait envie de pleurer.

La mère de Bawri n'a pas reçu beaucoup d'éducation formelle. Déjà à l'époque, elle connaissait l'importance de l'éducation. Elle ne voulait pas que sa fille perde son temps précieux dans la cuisine et s'encombre. Elle a aussi besoin de temps pour étudier. Mais en raison de la charge de travail à la maison, la mère est parfois fatiguée. Elle a ensuite appelé sa fille pour qu'elle l'aide, bien qu'à contrecœur, lorsque le besoin s'en faisait sentir.

Plusieurs années se sont écoulées ainsi. Sanvari a passé le collège avec d'excellentes notes et s'est ensuite assuré la première place au lycée. Maintenant qu'elle est passée en onzième année dans la filière scientifique, elle a trouvé que l'étude des sciences était un défi. Avec la permission de ses parents, elle commence à consacrer de plus en plus de temps à ses études.

Le temps a des ailes. Le temps passe vite quand on est heureux. Bawri, l'unique enfant de ses parents, était la prunelle de leurs yeux. Ils se sont occupés de leur enfant de la meilleure façon possible. Chaque fois qu'elle demandait quelque chose, ils essayaient de l'exaucer assez souvent. Bawri était lui aussi assez sage et connaissait les limites. Elle avait également un sentiment de respect à l'égard de ses parents. C'était une personne satisfaite qui n'avait pas de désirs inutiles.

Bawri a grandi avec le temps. Son esprit n'a pas été touché par les changements de temps. Elle s'est entièrement concentrée sur ses études et sur la construction de sa carrière. Grâce à ce dévouement, Bawri a passé ses examens de douzième année avec brio et a été admise à un programme de licence en sciences.

Le père de Bawri, Ramnath Ji, avait une grande maison où il vivait avec sa famille. La maison était surmontée d'une grande terrasse ouverte. Le premier étage de la maison se compose de trois parties. Une partie contenait les chambres, la seconde la cuisine et une cour spacieuse. La troisième section était un jardin, avec une pelouse verdoyante et diverses plantes et arbres.

De temps en temps, son ami Rama venait étudier avec elle, et parfois Bawri se rendait chez Rama. Cependant, la plupart du temps, elle étudiait chez elle.

Pendant l'été, la famille se rendait souvent sur le toit pour profiter de l'air frais et y dormait parfois. À l'époque, les coupures de courant de plusieurs heures étaient monnaie courante. Pour éviter les désagréments liés à la chaleur pendant le temps de repos, les gens se rendaient sur les toits ou choisissaient de dormir dans la cour.

C'était une nuit d'été. Bawri étudiait sur le toit et a fini par s'endormir. En bas, dans la cour, son père dort. Il est minuit passé et tout le monde a dormi. Bawri aussi avait dormi. À l'époque, il était courant de se coucher vers neuf ou dix heures.

Pendant son sommeil, Bawri a eu soif. Elle s'est réveillée et a voulu descendre prendre de l'eau dans la cuisine. Elle remarque des ombres qui se déplacent çà et là sur le mur. Elle était un peu effrayée.

"Qu'est-ce qui bouge sur la balustrade ? Quelqu'un se tient-il là ? Oh ! Oui, il y a un voleur. Je le vois clairement".

Le voleur marchait sur la balustrade. C'était une nuit noire et il a essayé d'en profiter. Son cœur s'emballe.

"Oh ! Je vois", s'exclame une voix intérieure. Que faire alors ? Son cerveau s'emballe.

"Pourquoi j'ai peur. Il n'y a rien à craindre. Le voleur est toujours à distance de moi. Il ne peut pas me joindre en quelques secondes. Je devrais crier tout de suite pour réveiller mon père." Elle s'est décidée. Sans tarder, elle pousse un grand cri pour réveiller son père, qui dort encore dans la cour.

"Papa, Papa ! Regardez là-bas... il y a un voleur !" Bawri pourrait dire . En entendant sa voix, son père se réveille immédiatement.

"Bawri, où ? Où est le voleur ?" demande le père de Bawri.

"Papa, regarde là-bas", dit Bawri en montrant la balustrade.

"Mais qu'est-ce que c'est ? Où est le voleur maintenant ? Je ne peux pas le voir pour l'instant. Il était là, il y a quelques instants". Bawri a déclaré. Elle était tellement surprise de savoir comment le voleur avait soudainement disparu. En raison de l'agitation et de la peur d'être attrapé, le voleur a dû sauter par-dessus la clôture pour s'enfuir.

Bawri descend alors les escaliers. Son père était très heureux de la bravoure de sa fille. Si elle ne l'avait pas réveillé à temps, le voleur avait pu s'introduire chez eux. Tout le monde dans la maison s'est réveillé. Sa mère l'a également comblée d'amour et d'affection pour sa courageuse fille en l'appréciant.

"Ma fille Bawri est la plus courageuse. Vous avez fait un excellent travail.

Bawri était très heureuse et fière d'elle. Bawri était également fière de son nom à l'époque.

Le pays des fées

Sarang était un petit garçon adorable et joyeux. Il n'avait qu'un an et demi. C'était un bébé très actif. Il avait l'habitude de se livrer à des activités malicieuses tout au long de la journée. Il essayait toujours de copier les activités de tout le monde. Il imite sa mère en faisant semblant de balayer. Comme son père, il prenait un blaireau et se comportait comme s'il se rasait exactement comme lui. Il s'est beaucoup amusé. Tous les membres de la famille se sont également amusés à regarder ses actions amusantes. À cette époque, la mère de Sarang lui donnait divers jouets et essayait de le faire participer à des jeux. Mais les enfants sont des enfants. Lorsque les jouets sont à leur disposition, ils ne veulent même pas y toucher. Ils aiment se comporter comme des aînés. C'est pourquoi ils copient leurs actions et leur façon de s'asseoir, de se tenir debout, de parler et même de manger. Parfois, ils deviennent la source de divertissement la plus facile pour tous. Il en était de même pour le petit enfant Sarang.

En grandissant, ses parents ont essayé de lui faire apprendre quelque chose de nouveau tous les jours. Ils lui récitent même de petits poèmes. Sarang se contente de les répéter en suivant la voix de sa mère. Il apprend à parler correctement. Il apprend chaque jour de nouveaux mots. Bien qu'il n'ait pas été capable de prononcer chaque mot correctement, il a tout de même essayé. Toutes ses actions ont rendu ses parents très heureux. Il passe toute la journée à réciter les poèmes qu'il a appris, se déplaçant d'un coin à l'autre de sa maison. Lorsque Sarang grandit un peu, il aime écouter les histoires de sa mère. Il en a également appris quelques-uns.

Sarang avait beaucoup d'amis dans son quartier. Tous n'appartenaient pas à son groupe d'âge. La plupart d'entre eux étaient un peu plus âgés que lui. Même à ce moment-là, ils voulaient tous jouer avec Sarang. Sarang était la prunelle de leurs yeux. Parmi ces enfants, il y avait une fille nommée Hina. Elle considère Sarang comme son frère et c'est lui qu'elle aime le plus. Elle veut jouer avec Sarang toute la journée. Ils jouaient soit chez Sarang, soit chez elle. Elle insistait souvent pour emmener Sarang chez elle. Sarang apprécie également sa compagnie. A la demande insistante de Hina, la mère de Sarang l'autorise à se rendre chez elle. Hina était une petite fille de six ans. Elle s'est très bien placée dans le rôle de sa sœur aînée. Elle appelait affectueusement Sarang "Mogli". La mère de Hina s'est également occupée de Sarang comme s'il s'agissait de son propre fils. Ainsi, à l'âge de quatre ans, Sarang passe son temps à jouer et devient intelligent.

Un jour, le père de Sarang lui a apporté un livre audio. C'était le livre audio des contes de fées. Sarang a développé un vif intérêt pour la lecture et l'écoute d'histoires. Il a lu le livre audio et écouté tous les contes de fées. Il les a écoutés en continu pendant plusieurs jours. Cela l'a rendu heureux. Chaque jour, il écoutait les contes de fées et y prenait beaucoup de plaisir.

Un jour, Sarang rêva des fées. La reine des fées est venue chez lui pour le rencontrer. Elle l'emmène avec elle au pays des fées. Il s'y est déplacé dans tous les sens. Il y vit différentes sortes de fées. On avait l'impression qu'ils flottaient dans l'air d'un endroit à l'autre. Chaque fois qu'il essayait de demander quelque chose à la reine des fées, elle lui faisait signe de se taire. Au début, Sarang vit deux fées, la Fée Terrifiante et la Fée Colérique. La reine des fées saisit fermement la main de Sarang et l'emmène loin d'eux. Il y a rencontré de nombreuses fées au grand cœur.

La reine des fées dit au garçon : "Sarang, regarde. Ce sont toutes de bonnes fées. Ils aident vraiment tous ceux qui accomplissent de nobles actions".

Sarang était très heureux d'errer ici et là dans le pays des fées. Il n'était jamais allé au pays des fées auparavant. Il demanda à la reine des fées : "Puis-je rester ici dans le pays des fées pour toujours ?"

En entendant cela, la reine des fées a souri et a répondu : "Non, Sarang, mon cher. Vous ne pouvez pas rester ici. Le pays des fées n'est pas fait pour les êtres humains. Ce n'est qu'un lieu de fées".

Sarang se sentait triste à ce moment-là. Il souhaitait ardemment rester au pays des fées. Voyant qu'il était contrarié, la reine des fées lui dit : "Ne sois pas triste, Sarang. Tu pourras visiter le pays des fées à nouveau quand tu le voudras."

Sarang est très heureux d'entendre cela. La reine des fées poursuivit : "Si tous les humains commencent à vivre dans le pays des fées, celui-ci deviendra surpeuplé et le nombre de fées terrifiantes et en colère augmentera très probablement. Personne n'aimerait alors vivre ici. Les bonnes fées aimeraient s'enfuir de cet endroit". Sarang est très surpris. La reine des fées agite sa baguette en l'air et demande à Sarang de faire un vœu.

Sarang souhaite devenir conteur. La reine des fées l'a béni en lui accordant ce privilège.

Sarang a exprimé son désir de visiter à nouveau le pays des fées. Cette fois, la reine des fées ne dit rien. Elle sourit et touche doucement la tête de Sarang avec sa baguette. Sarang a eu envie de s'effondrer sur le sol. Lorsqu'il ouvre les yeux, il se rend compte qu'il a rêvé du pays des fées. Il était heureux de se souvenir de tout ce dont il rêvait. Au bout de quelques jours, Sarang oublia son rêve de pays des fées.

Sarang a étudié en première classe à l'école. Il a appris à construire des phrases. Un jour, alors qu'il faisait ses devoirs d'hindi, il a pensé à écrire une histoire. Il saisit le journal de sa mère et prend rapidement un crayon pour commencer à écrire l'histoire.

Il a écrit l'histoire comme suit. Le titre était **"La sagesse de Sohan"**.

Dans un village, vivait un homme riche nommé Dhaniram. Il avait un fils nommé Sohan. Un jour, Dhaniram a dû partir pour un travail urgent, laissant son fils Sohan à la maison. Il a demandé à Sohan de bien verrouiller la porte et de ne pas l'ouvrir aux étrangers.

Peu après le départ de Dhaniram, quelqu'un frappe à la porte. Sohan demande : "Qui est-ce ?" L'étranger répondit : "Je suis l'ami de Dhaniram". Sohan ouvre la porte et est surpris de trouver deux intrus à l'intérieur de la maison. Il s'est alors souvenu des conseils de son père, qui lui avait conseillé de faire preuve de sagesse et de patience dans les moments difficiles. Sohan a vu l'un des intrus pointer un pistolet sur lui.

Sohan a rapidement élaboré un plan. Il s'est excusé pour aller aux toilettes. En revenant, il a demandé aux intrus : "Voulez-vous boire de l'eau ?" Quand ils ont dit oui, il a apporté de l'eau. Après avoir bu cette eau, les intrus ont perdu connaissance et se sont effondrés sur le sol. À l'insu des intrus, Sohan avait ajouté un somnifère à l'eau qu'il servait. Ils l'ont bu et sont devenus inconscients. Sohana immédiatement appelé la police et l'a informée de la présence des intrus. La police est arrivée et a arrêté les criminels. À ce moment-là, son père Dhaniram était également rentré chez lui. La police a beaucoup loué l'intelligence de Sohan et lui a donné une récompense. Le père de Sohan l'aimait beaucoup.

Sarang a montré cette histoire à sa mère, qui était très contente. Elle a encouragé Sarang à écrire d'autres histoires.

En grandissant, Sarang devient de plus en plus créatif. Un jour, un concours de rédaction d'histoires a été organisé à l'école. Sarang a également participé à ce concours et a reçu le prix. Tous les professeurs l'ont béni. Sa mère l'aimait beaucoup.

Lorsque Sarang s'endormit cette nuit-là, il rêva à nouveau du pays des fées. La Reine des Fées l'a beaucoup aimé et béni. De nouveau, ils erraient parmi les fées.

Le cygne d'or

Il était une fois, dans un village, un homme nommé Budhua. Il était tisserand de profession. Il avait l'habitude de tisser des vêtements et de les vendre au marché. Il travaillait assidûment du matin au soir, tissant toute la journée. Malgré son travail acharné, il était très pauvre. Quoi qu'il en soit, il lui était possible de joindre les deux bouts.

Dans sa famille, il n'y avait que deux membres. À côté de lui, il y avait sa vieille mère qui vivait à la maison. Sa mère était très âgée. Son âge est clairement visible sur son visage. Ses pieds se balançaient presque dans la tombe. Elle s'inquiétait constamment pour son fils unique.

"Comment Budhua survivra-t-il à ma mort ? Elle y pense souvent. "Il n'y aura personne pour s'occuper de lui. Cette peur ne me laisserait même pas mourir."

Elle souhaitait une belle-fille qui puisse s'occuper de son fils. Il doit y avoir quelqu'un pour s'occuper de lui, quand elle mourra.

Pour les pauvres, gagner sa vie est un problème majeur. Budhua n'a pas gagné beaucoup d'argent. Ses revenus pouvaient à peine suffire à la survie de la mère et du fils.

"Lorsque Budhua se mariera, les dépenses quotidiennes augmenteront et il devra gagner plus. Bien que ce soit l'amour dans le cœur des gens qui lie tous les membres de la famille. Même dans ce cas, l'argent a un rôle important à jouer". La vieille mère continua à réfléchir pendant toute la journée et la nuit. Elle priait aussi Dieu régulièrement pour que leurs peines cessent très vite.

La vieille mère était constamment préoccupée par le fait qu'un ange céleste puisse venir épouser son fils et le rendre prospère. Des jours, des mois et des années se sont écoulés dans ces inquiétudes et ces prières.

Un jour, les Dieux passaient devant la maison de Budhua. Ils ne pouvaient pas être reconnus comme des dieux puisqu'ils étaient déguisés. Ils remarquèrent l'état de Budhua et décidèrent de lui demander l'aumône en se faisant passer pour des ascètes. Ils atteignent le seuil de Budhua et frappent à la porte. La vieille mère ouvrit la porte et demanda.

"Baba ! Qu'est-ce qu'il y a ?"

"Amma ! Baba a faim. Si vous nous donnez de la nourriture, vos enfants seront bénis".

"D'accord." Avec un sourire, Amma est entrée dans la maison et a apporté deux chapatis et quelques légumes de sa part. Elle les a donnés à ce Baba. Elle lui a également donné un verre d'eau. Après avoir pris les repas, Baba était très satisfait et heureux. Il m'a dit : "Amma, tout ce que tu souhaites, demande-le."

Amma a répondu : "Tout ce que je demande, tu le donneras ? Vous ne pouvez pas refuser votre parole".

"Tu peux demander n'importe quoi, Amma. Baba tient toujours sa parole".

Les yeux de la vieille dame étaient pleins de larmes. Elle ne pouvait pas les cacher. Elle dit : "Baba, je souhaite trouver une personne qui convienne à mon fils Budhua. Lorsqu'il se mariera et mènera une vie prospère, je me rendrai en paix dans la demeure de Dieu".

"Qu'il en soit ainsi". En disant cela, Baba se mit en route.

Un soir, alors que le soleil est rentré chez lui et que la nuit commence lentement à répandre l'obscurité partout. La lune argentée est apparue dans le ciel et a commencé à briller. A minuit, tout le monde était endormi. Un cygne est apparu soudainement dans la maison de la vieille dame. Personne ne s'est rendu compte de sa présence. Il est entré silencieusement dans la pièce où Budhua avait l'habitude de tisser des étoffes sur les fils. Les plumes du cygne brillaient d'une lumière dorée très vive. Dès que le cygne est entré dans la pièce, la porte s'est refermée d'elle-même.

Le cygne a commencé à tisser la toile avec les fils colorés qui s'y trouvaient déjà. Il a travaillé avec diligence toute la nuit. Juste avant les premiers rayons du matin, le cygne a disparu en laissant derrière lui la toile tissée.

Budhua se réveilla comme d'habitude le lendemain matin. Après avoir accompli sa routine matinale, il s'est préparé à travailler. Dès qu'il est entré dans sa chambre, il a vu quelque chose d'étonnant. Il y trouve un tissu extrêmement doux et beau, aux reflets soyeux. Il s'est demandé d'où venait ce tissu. Il est sûr qu'elle n'était pas à cet endroit la veille. Comme il n'a pas pu obtenir de réponse, nous sommes allés voir sa mère pour savoir ce qu'il en était.

"Mère ! Mère ! Quand avez-vous tissé une si belle étoffe ?"

"Oh, Budhua ! Mon fils. Vous plaisantez ? Vous êtes un peu simplet, après tout. Je n'ai pas tissé de tissu depuis longtemps. Mon Dieu, cela fait des années que je n'ai pas tissé. Dites-moi ce qui vous préoccupe."

"Mère, il y a un beau tissu dans ma chambre. Je pensais que vous aviez fait le travail". Budhua a répondu.

"Où est-il ? Voyons ce qu'il en est. Je n'arrive pas à y croire." Sa mère est également surprise.

"Venez avec moi." Tenant la main de sa mère, il se dirige vers sa chambre.

"Le voici. Vous voyez maintenant. Suis-je un menteur ?"

La vieille dame n'en croyait pas ses yeux. Le fils a poursuivi.

"Regarde ça, maman ! N'est-ce pas magnifique ? Avez-vous déjà vu un tissu aussi beau ? J'ai pensé que vous l'aviez peut-être tissé, c'est pourquoi j'ai demandé".

"Oh, oui ! C'est vraiment un très beau tissu. Il est également fin et doux. Budhua, vous avez dû l'oublier après l'avoir tissé ? Si ce n'est pas le cas, qui d'autre l'a fait ? Il n'y a personne d'autre que toi et moi à la maison." Puis elle s'est mise à regarder son visage.

"Mère, je sais que je ne suis pas très intelligente. Mais j'ai une mémoire vive. Je me souviens bien des choses". Il a répondu.

"Budhua est peut-être un peu simplet, mais il n'est pas si oublieux qu'il ne puisse se souvenir de ce qu'il a tissé et de ce qu'il n'a pas tissé. La mère s'en est rendu compte.

"Est-ce que je peux l'apporter au marché et le vendre ?" Budhua avait une idée géniale en tête.

Il fait part de son idée à sa mère. "Bien sûr, mon fils. Vous devez partir. Dieu a répondu à mes prières et nous a aidés en secret". Elle a répondu. "Il est celui qui aide tout le monde.

Budhua est allé au marché et a vendu le tissu. Il en a reçu un prix élevé. Budhua est rentré chez lui dans la soirée. En chemin, il achète quelques produits alimentaires. Lorsqu'il a montré ses gains à sa mère, celle-ci a écarquillé les yeux de stupéfaction. Ils ont tous deux pris un repas copieux et se sont endormis.

La même chose s'est produite à plusieurs reprises cette nuit-là. Un cygne doré est apparu en émettant une lumière dorée et a disparu avant le lever du soleil. Là encore, personne ne l'a vu. L'étoffe tissée qui gisait à cet endroit a de nouveau suscité l'interrogation des membres de la famille. La même chose s'est produite tous les jours. Budhua était alors curieux et décida de découvrir la raison et la personne qui les aidait d'une manière aussi secrète.

Il a décidé de découvrir la vérité. Ce jour-là, il se rendit à nouveau au marché et vendit à prix d'or ce magnifique tissu semblable à de la soie.

Budhua et sa mère étaient très heureux de pouvoir manger régulièrement des plats délicieux. Le jour se transforma lentement en nuit et le moment que Budhua attendait arriva.

Il était très impatient que le mystère soit dévoilé. La vieille dame dormait et le fils attendait de voir le mystérieux assistant. Soudain, une lumière dorée se répandit tout autour.

"Oh ! De quel type de lumière s'agit-il ? Est-ce que je rêve ?" Il se frotte les yeux. Lorsqu'il a ouvert les yeux, il a vu quelque chose d'incroyable. Un cygne doré entrait silencieusement dans sa chambre.

"Oh, qu'est-ce que c'est ? Un cygne doré ?" Les yeux de Budhua s'écarquillèrent sous l'effet de la surprise. Il se frotta à nouveau les yeux pour dissiper toute confusion. Il s'exclame : "C'est vraiment un cygne d'or ! Un cygne doré avec de si belles plumes dorées ! Je n'ai jamais vu un aussi beau cygne de ma vie". Il s'exclame avec joie.

"Quelle belle lumière dorée émane de ses ailes ?"

"Budhua ne pouvait contenir sa curiosité. Il a suivi le cygne. Dès qu'il entre dans la pièce, la porte est automatiquement verrouillée de l'intérieur. Il ne pouvait pas entrer dans la pièce. Il ne pouvait regarder que par la fenêtre. Ce qu'il y voit le laisse pantois. Comment un cygne peut-il tisser une toile ? Finalement, il perd patience. Soudain, le cygne disparaît. Une jeune fille y est apparue à la place du cygne. Budhua rompt le silence. Il lui demande : "Qui es-tu ? Que faites-vous ici ? Comment êtes-vous venu ici ? Parlez-moi de vous.

La jeune fille a répondu : "Je m'appelle Hansika. Je suis seul au monde. J'ai été maudit par un saint parce que j'ai refusé de lui donner un verre d'eau. À ce moment-là, je me suis transformé en cygne".

"Maintenant, je suis libérée de la malédiction", a poursuivi Hansika. Pendant leurs conversations, la mère s'est également jointe à eux.

Budhua lui a alors demandé : "Veux-tu m'épouser ?".

Avec l'approbation de Hansika et de sa mère, Budhua s'est marié avec Hansika. Hansika et Budhua ont travaillé dur ensemble pour tisser des tissus et les vendre au marché à des prix élevés. Inutile de dire que les jours de Budhua ont changé pour le meilleur. Ainsi, grâce aux bénédictions du sage, la vie de la mère de Budhua devint également heureuse.

Histoire du berceau

Il y a bien longtemps vivait une pauvre femme nommée Bharati. On raconte que la pauvreté est entrée lentement dans sa vie. Il fut un temps où elle vivait comme une reine. Son mari possédait une grande entreprise. Cependant, en raison de certaines circonstances, les temps ont changé et il a dû supporter une perte importante dans son entreprise. Ils avaient une petite  famille de trois personnes. Un mari, une femme et une petite fille adorable. Quoi qu'il en soit, ils étaient déterminés à faire face aux circonstances négatives de manière positive. Lorsque l'homme a commencé à créer une nouvelle entreprise, il a eu besoin de temps pour atteindre des sommets. Bharati a fait preuve de beaucoup de patience et d'espoir. Elle avait une foi totale en Dieu. Lorsqu'ils avaient la chance d'être en bonne santé et riches, ils étaient très gentils avec les pauvres et les nécessiteux. Ils savaient que les mauvais moments partiraient en renvoyant les bons. Bharati se consacre entièrement à l'éducation de leur fille. Elle était bien décidée à offrir une vie meilleure à ce petit être. Parfois, elle n'avait pas d'argent sur elle. Chaque fois qu'elle avait besoin d'argent pour subvenir aux besoins de sa fille, elle vendait de vieux objets qui leur avaient été donnés par leurs ancêtres. Avec ces revenus, elle répondait à tous les besoins de sa fille. Au fil du temps, sa fille a grandi et est prête à aller à l'école. Naturellement, il incombe aux parents de fournir une bonne éducation à leurs enfants. C'est une nouvelle série de responsabilités qui s'offre à elle. La situation semble difficile et les solutions pourraient nécessiter des sacrifices importants.

Un jour, alors qu'elle réfléchissait à la manière de gérer leur situation financière, Bharati a remarqué un vieux berceau en bois dans sa maison.

"Il est peut-être précieux." pensa-t-elle. "Je pense qu'il appartient à nos ancêtres." Elle est un peu perdue. À qui demander et comment décider, elle a continué à réfléchir pendant deux jours. Son mari était en déplacement professionnel. N'ayant pas d'autre choix, elle décida de vendre le vieux berceau ancestral. Elle ne voulait pas le vendre, car le berceau était très précieux et ancien. Les enfants de plusieurs générations de sa famille l'utilisaient depuis des temps immémoriaux.

"Et maintenant, c'était au tour de ma fille. Elle l'a également beaucoup utilisé. C'était un beau lit pour elle et aussi une pièce à jouer. C'était comme les genoux d'une mère en son absence. Aujourd'hui, je suis obligé de le vendre. Je ne suis pas satisfait de ma décision. O Dieu ! Je vous prie de me pardonner, car je n'ai fait que mon devoir."

Le berceau ancestral était un précieux héritage transmis de génération en génération. Bien que réticente à le vendre en raison de sa valeur sentimentale et historique, Bharati s'est sentie obligée de le faire pour l'éducation de sa fille.

Elle décide de passer une annonce pour vendre le berceau en bois. Une dame généreuse, Arti, qui envisageait d'acheter un berceau pour sa fille, a vu l'annonce et a contacté Bharati. Elle a aimé le berceau et l'a acheté, donnant à Bharati les dollars nécessaires pour répondre aux besoins scolaires de sa fille. Bharati est rentrée chez elle avec joie, a acheté tous les articles nécessaires et a envoyé sa fille à l'école.

Arti, qui avait acheté le berceau, se rendit compte après un certain temps qu'il était assez vieux malgré sa solidité et sa beauté. Cependant, elle a envisagé de le vendre pour en acheter un nouveau pour son enfant. Bientôt, une vente aux enchères d'objets anciens se déroule à proximité. Arti a décidé de vendre le berceau aux enchères. À sa grande surprise, les enchères pour le berceau ont été beaucoup plus élevées que ce à quoi elle s'attendait. Le montant qu'elle a reçu était nettement supérieur à celui qu'elle avait versé à Bharati. Elle se souvient alors de l'ancienne propriétaire du berceau, Bharati, qui était si pauvre qu'elle avait dû vendre son berceau ancestral pour subvenir aux besoins de sa fille. Elle a trouvé les coordonnées de Bharati et l'a immédiatement contactée.

Arti a été stupéfaite d'apprendre les difficultés financières de Bharati et la raison de la vente du berceau. Touchée par l'histoire de Bharati, Arti a pris une décision. Elle appelle Bharati et l'informe qu'elle partagera avec elle la moitié du montant de la vente aux enchères. Bharati est submergée de gratitude envers Arti. Elle l'a beaucoup remerciée. Elle disposait désormais d'une telle somme d'argent qu'après avoir répondu à tous les besoins liés à l'éducation de sa fille, elle n'allait pas être épuisée avant ans. À la fin, Arti a serré Bharati dans ses bras en lui disant : "Ce berceau a toujours été le tien et tu as le même droit que moi à cet argent. Je suis très heureux d'avoir pu aider le véritable propriétaire du berceau". Bharati l'a remercié à maintes reprises.

Satisfaite d'avoir fait du bon travail, Arti retourne elle aussi chez elle. Elle s'est rendu compte que la joie de donner et de partager est toujours plus grande que celle de recevoir.

L'invention de Veeru

Il était une fois une forêt nommée Kanjakvan. L'ours Bholu et sa famille y vivaient. De nombreux autres animaux vivaient également dans cette forêt. Sheru, le lion, était le roi de la jungle. Il se promenait dans la jungle avec sa famille tout au long de la journée et dormait dans sa grotte la nuit. Dans la jungle, il y avait une girafe vigilante nommée Gunnu qui, grâce à son long cou, pouvait repérer les dangers à distance. L'éléphant Appu était blanc comme neige. Il était si beau qu'il pouvait rivaliser avec le célèbre éléphant nommé Airavat du paradis. C'est ainsi que la forêt du nom de Kanjakvan a toujours eu un environnement joyeux. Quelque part, on entend la douce voix des oiseaux qui gazouillent pendant la journée. Ils volaient joyeusement d'un arbre à l'autre et tout autour. Certains d'entre eux avaient fait leur nid sur les arbres. Leur bavardage constant ajoutait à la joie de la jungle ; leur présence même rendait la jungle vivante. Il y avait aussi Manthara, le renard, et Manu, le singe, qui, par leur intelligence et leur espièglerie, entretenaient une atmosphère joviale. D'autres animaux vivaient dans le Kanjakvan, donnant un exemple d'amour, de fraternité et d'unité.

Cependant, il manquait une chose au Kanjakvan. Il n'y avait pas de source d'eau potable facilement accessible, c'est-à-dire de l'eau propre à la consommation. Il n'y avait ni étangs ni puits à Kanjakvan. Il y avait auparavant un étang, qui s'est asséché en raison des fortes chaleurs estivales. Cela faisait longtemps que les nuages n'avaient pas arrosé l'eau. On aurait dit qu'ils s'étaient mis en grève pour une raison ou une autre. Lorsque les habitants de Kanjakvan avaient soif, ils devaient se rendre à Champakvan, la jungle voisine. Les habitants de Kanjakvan ont enduré leur vie difficile et aride avec un sentiment d'acceptation, considérant qu'il s'agissait de leur destin.

Un proverbe dit que le destin n'est pas plus grand que l'action. Les actions menées dans la bonne direction ont le pouvoir de changer le destin. Que Dieu aide ceux qui s'aident eux-mêmes. La jeune génération du Kanjakvan n'est pas restée les bras croisés. Ils s'efforcent constamment de résoudre le problème de la pénurie d'eau. Leur effort a consisté à rendre l'eau potable disponible au plus près afin de rendre la vie de ces personnes un peu plus facile. Il y avait un groupe scientifique parmi les jeunes qui essayait continuellement de faire quelque chose de nouveau. Les membres de ce groupe étaient très intelligents et s'efforçaient de créer quelque chose de nouveau, d'utile et d'intéressant. Ils apprenaient les avancées technologiques de l'époque. Veeru, le chef de ce groupe, était le fils aîné du singe Manu. Il a étudié à la dixième année. Le temps qu'il lui restait après ses études régulières, il le consacrait entièrement à son travail de recherche. Il était devenu un rat de laboratoire pour atteindre son objectif. Veeru a mené plusieurs expériences. Il souhaitait trouver une solution au problème de la pénurie d'eau le plus rapidement possible. Pour que l'eau potable soit accessible à tous.

Finalement, le travail acharné de Veeru et de son équipe a porté ses fruits et ils ont trouvé une solution.

La solution a été le "Chapakal", qui signifie pompe à main. Dans ce cas, un très long tuyau est profondément enfoui dans le sol. Ensuite, à l'aide d'un piston, d'une soupape et d'un levier. L'eau est amenée des profondeurs du sol jusqu'à la surface. Les courageux jeunes de Kanjakvan ont inventé cette technologie et l'ont appliquée à la fabrication d'un "Chapakal". Ils avaient installé un "Chapakal" et cela fonctionnait. L'eau a commencé à sortir du sol. L'eau était très propre et avait bon goût. Les jeunes de Kanjakvan ont démontré le miracle. Grâce à leur travail acharné, leur rêve est devenu réalité. L'eau propre est devenue accessible avec relativement peu d'efforts dans les environs.

Une vague de joie s'est emparée de tout le Kanjakvan. Tous les animaux étaient épanouis de bonheur. Les difficultés de leur vie se sont quelque peu atténuées. Désormais, les enfants n'auront plus à souffrir de la soif et les femmes n'auront plus à aller chercher de l'eau dans des jungles lointaines. Un débordement de joie s'est répandu dans la jungle, Kanjakvan.

Un jour, le conseil des aînés des habitants de Kanjakvan a convoqué une réunion. L'objectif de cette réunion était d'honorer la jeune équipe de scientifiques qui, avec un dévouement sans précédent et un travail acharné, a travaillé sur la disponibilité de l'eau dans la jungle. Cet effort méritait vraiment d'être reconnu. Ils ont sacrifié leur confort personnel et offert une nouvelle vie à tous. Un jour propice a été décidé lors de la réunion pour la cérémonie de remise des prix, qui devait être une grande fête.

Sous le grand banyan, une grande scène était magnifiquement décorée. La responsabilité de la gestion du programme a été confiée à Appu l'éléphant, qui a pris les choses en main, micro en main. Tous les habitants de Kanjakvan étaient présents à l'événement, occupant leurs places sur les chaises. Veeru, le représentant de la jeune équipe scientifique, a dirigé les travaux. Lorsque le nom de Veeru a été appelé pour recevoir le prix, tout le public l'a accueilli par des applaudissements. Appu, l'éléphant, le soulève sur son dos et fait le tour de la scène. Le bruit des applaudissements résonna, se répercutant dans toute la forêt. L'événement s'est achevé avec succès par des programmes culturels et la distribution de prasad. Dans les yeux du singe Manu, des larmes de joie jaillissent et son visage s'illumine d'un sourire triomphant. Après tout, Veeru était son fils, et aujourd'hui il était honoré. Aujourd'hui, il regrette d'avoir grondé Veeru dans son enfance et de l'avoir taquiné pendant ses études. Lorsque Veeru est descendu de l'estrade avec la médaille, il est allé directement vers son père et s'est incliné pour lui toucher les pieds. Mais Manu, le singe, n'a pas manqué cette occasion. Il s'est avancé pour prendre son fils dans ses bras. La nouvelle invention qu'il a réalisée a ajouté à sa fierté.

Recharge pour la pompe à main

La vie des habitants de Kanjakvan est devenue un peu plus facile grâce à l'accès à l'eau. Désormais, ils n'ont plus besoin d'aller chercher chaque seau d'eau à Champakvan, leur voisin. Tous les habitants de la forêt louèrent Manu Veeru et ils vécurent heureux pendant des années. Veeru avait réussi ses examens de douzième année avec d'excellentes notes.

Un jour, les habitants de Kanjakvan se sont réunis. Ils ont félicité leurs enfants respectifs pour leurs excellents résultats aux examens, ce qui constituait le principal point à l'ordre du jour de la réunion. Il a été décidé à l'unanimité que le dimanche suivant, une grande fête serait organisée à Kanjakvan, où tous les animaux et leurs familles se réuniraient. Au cours de la fête, ils ont prévu de discuter des futurs projets éducatifs de leurs enfants.

Le dimanche, des chaises ont été installées près du plus grand banyan. Un peu plus loin, il y avait des tables pour la nourriture et des arrangements pour l'eau. Soudain, tout le monde remarque que Chimpu, la girafe, balance son long cou en essayant de dire quelque chose. Cependant, personne n'a pu comprendre ce qu'il essayait de dire. La fête n'a pas encore commencé. La cuisine a été préparée dans le parc voisin. L'arôme des plats accélère la faim de l'invité. Tout le monde était affamé et attendait avec impatience le délicieux repas. Leurs yeux se sont tournés vers les tables qui allaient bientôt être remplies de plats variés. Dans cette attente, quelques personnes faisaient les cent pas. Certains étaient patiemment assis sur les chaises. Les enfants dansaient au son du D. J.

Chimpu, la girafe, essayait à plusieurs reprises de dire quelque chose. Personne n'a fait attention à lui en raison du bruit qui régnait. De plus, Chimpu ne pouvait pas parler clairement. Au bout d'un moment, Appu, l'éléphant, le remarqua, l'appela affectueusement et lui demanda : "Chimpu, qu'est-ce qui te tracasse ? Cela fait longtemps que vous essayez de dire quelque chose. Dites-moi, qu'est-ce qu'il y a ?"

"Appu Grand-père ! Regardez, la pompe à main ne fonctionne pas ? Cela va créer des problèmes. Cela ne gâcherait-il pas tout le plaisir de la fête ?" Chimpu réussit à exprimer son inquiétude, tout en haletant.

Appu Éléphant le rassure en disant : "Chimpu, mon cher ! Ne vous inquiétez pas. Quoi qu'il en soit, nous trouverons une solution à ce problème. Venez avec moi."

La girafe Chimpu et l'éléphant Appu se sont tous deux dirigés vers la pompe manuelle. En arrivant, ils virent Manu Monkey qui se tenait là avec son fils Veeru. Veeru actionnait la pompe manuelle et Manu buvait de l'eau.

En voyant cela, les yeux de Chimpu s'écarquillèrent d'étonnement. Lorsqu'Appu le regarde d'un air interrogateur, Chimpu balbutie et dit : "Non, non, je dis la vérité. Lorsque j'ai actionné la pompe manuelle tout à l'heure, je n'avais pas d'eau. C'est pourquoi je suis venu vous informer."

Veeru le console : "Chimpu, tu as raison. Il est vrai que la pompe manuelle ne fournissait pas d'eau il y a quelques minutes. Même lorsque je l'ai actionné, l'eau ne s'est pas écoulée immédiatement. Mais je savais où trouver le coupon de recharge de la pompe à main. En versant un peu d'eau dans le tuyau à l'aide d'un verre ou d'une tasse et en actionnant continuellement la poignée, le tuyau se recharge. Ensuite, il recommence à distribuer de l'eau. J'ai fait la même chose et maintenant vous pouvez voir que cela fonctionne. Vous devez vous inquiéter si vous êtes confronté au même problème à l'avenir. Il suffit d'appliquer la même astuce et de le recharger avec une tasse d'eau".

Tous les animaux étaient très satisfaits de la présence d'esprit de Veeru. Chimpu a applaudi et s'est mis à rire. Maintenant, ils ont tous apprécié la fête.

La journée du champion

Sheetal et Sunny étaient frères et sœurs. Il y avait une différence d'âge de huit ans entre les deux. Sheetal était l'aînée de ses parents, tandis que Sunny est arrivée dans la famille huit ans après Sheetal. Cette histoire a commencé lorsque Sunny avait trois ans et Sheetal onze ans. Sheetal aimait trop son frère. Elle s'est également occupée de lui en suivant les instructions de ses parents. Comme Sunny n'était pas un enfant adulte, il ne pouvait pas jouer à tous les jeux qu'elle aimait. Il avait ses propres jeux. Sheetal avait donc besoin d'un autre partenaire de jeu pour jouer avec elle.

Son père Venkatesh a trouvé une solution à son problème. Il a tenu compagnie à sa fille en se liant d'amitié avec elle. Il lui fait faire ses devoirs, l'emmène en promenade et joue avec elle. Sheetal jouait avec ses amis à l'école et appréciait la compagnie de ses amis dans le quartier. Pourtant, c'est en jouant avec son père qu'elle prend le plus de plaisir.

Le dimanche, Sheetal et son père jouaient aux échecs. Radhika, la mère de Sheetal, est restée occupée par les tâches ménagères ou le travail de bureau. Dès qu'elle avait du temps libre, elle devait s'occuper de son fils et lui faire apprendre de nouvelles choses.

Papa adorait jouer aux échecs. Il a commencé à entraîner sa fille à ce jeu dès l'âge de six ans. Les enfants ont généralement l'esprit vif. Ils apprennent de nouvelles choses plus rapidement que les adultes. Sheetal, elle aussi, a rapidement appris à orner l'échiquier avec les pions et à maîtriser les bons mouvements. Venkatesh rêvait que sa fille devienne une championne d'échecs comme le grand Vishwanathan

Anand. Même s'il était très occupé, il ne manquait jamais le cours d'échecs pour entraîner sa fille.

Lorsque le père et la fille se sont assis de l'autre côté de l'échiquier, il semblait qu'ils allaient jouer. Au lieu de cela, ils se sont retrouvés sur un champ de bataille où chaque équipe est déterminée à gagner. Parfois, papa capturait le cavalier de Sheetal, et d'autres fois ses pions. Parfois, il l'avertissait en disant : "Regarde, Sheetal, ta reine est partie." Puis Sheetal se mettait à pleurer : "Papa !".

Au bout d'un moment, papa disait : "Sheetal, ton roi est en échec. Et ensuite, échec et mat". Puis elle se mettait en colère. Elle manifestait sa colère en retournant tout l'échiquier.

"Maintenant, je ne vais pas jouer avec toi. Vous me trompez dans le jeu. Je ne vais plus te parler".

En fait, Sheetal avait une forte aversion pour la défaite. Qu'il s'agisse d'études ou de jeux, elle ne voulait que des victoires dans sa part. Cependant, au jeu d'échecs, elle n'est pas encore très douée et a souvent du mal à gagner. Papa était un excellent joueur d'échecs. Sheetal n'avait pas d'autres amis pour jouer aux échecs avec elle. Elle finissait souvent par perdre contre son père. Maman était occupée, Sunny trop jeune et elle devait jouer avec son père.

Un dimanche, le père a dit : "Sheetal, viens. Jouons. Apportez l'échiquier et les pièces".

Sheetal n'était pas du tout intéressé. Elle refuse : "Non, mon père. Je ne suis pas d'humeur à jouer".

"Oh ! Ma chère, que s'est-il passé ? Allez, viens. Hâtez-vous. Tu vas beaucoup t'amuser", a-t-il insisté.

"Non, papa. J'ai beaucoup de devoirs à faire".

"Viens, ma chérie. Aujourd'hui, c'est un jour de congé. Tu pourras faire tes devoirs plus tard".

En fait, le travail à domicile n'était pas le problème. Le problème est le même. Une fille qui a toujours aimé être gagnante, n'était pas encore devenue une telle experte pour gagner le jeu avec son père. Elle n'aimait pas perdre et son père ne lui permettait pas de gagner lorsqu'elle jouait avec lui. Lorsque le père Venktesh a continué à insister pour jouer, elle a dit : "Je ne veux pas jouer avec toi car je sais que je ne gagnerai pas cette fois encore". En disant cela, elle a détourné le visage.

"Oh ! Mon adorable enfant, ne te mets pas en colère". Le père essayait de faire plaisir à sa fille. Parfois, lorsque les enfants sont contrariés, ils ont l'air si mignons, comme Sheetal. Son père a dû faire beaucoup d'efforts pour lui remonter le moral et la rendre prête à jouer.

"Tu es ma fille courageuse. N'abandonnez jamais avant de jouer, car jouer le jeu est la première étape vers la victoire".
Cette idée a fait tilt dans son esprit et elle s'est préparée à jouer.

C'est ce qu'on appelle l'esprit sportif. Qu'il s'agisse d'un jeu ou de la vie, vous devez vous concentrer sur votre rôle, vous préparer et donner le meilleur de vous-même. Ne craignez jamais le résultat.

Puis il a commencé à marmonner : "J'ai aussi peur de perdre."

En entendant cela, un sourire est apparu sur le visage de Sheetal. Elle ne s'inquiète plus du résultat. Puis le jeu a commencé.

"Quand j'étais petit, je jouais avec ton grand-père. Moi aussi, je pleurais quand je perdais, tout comme vous. C'est alors que ton grand-père m'a dit : "Écoute, Venkatesh ! Considérez la défaite comme votre professeur. Apprenez de vos erreurs et préparez-vous à la victoire. Un jour, tu seras un champion", poursuit Venkatesh tout en jouant.

Puis, se tournant vers la cuisine, il appela sa femme : "Écoute, Radhika ! Où est notre public ? Nous avons besoin d'eux pour créer un environnement joyeux qui permette aux joueurs de donner le meilleur d'eux-mêmes. Venez vous asseoir avec nous. Le match va maintenant commencer.

Bientôt, deux géants jouent aux échecs. Sheetal et son père étaient les joueurs. Sa mère et son frère étaient présents. Ils ont continué à encourager les joueurs de temps en temps.

Sheetal était très heureuse et a dit : "Viens, papa. Cette fois, je vais te vaincre".

Papa a installé l'échiquier et y a dispersé les pièces. Il a demandé : "Dites-moi, vous jouerez en noir ou en blanc ?".

"Blanc".

Venkatesh et Sheetal ont disposé les pièces d'échecs sur l'échiquier.

Ils ont placé toutes les pièces dans un ordre. Dans la première rangée, ils ont mis la tour dans la première case, le cavalier dans la deuxième, le fou dans la troisième, la reine dans la quatrième, le roi dans la cinquième, le chameau dans la sixième, le chevalier dans la septième et la tour dans la huitième". Papa a disposé toutes les pièces de son côté et Sheetal du sien. Elle avait installé toutes ses pièces en une seule rangée de son côté. Le père l'a ensuite aidée à ranger les autres pièces. La partie commence et le nombre de pièces capturées augmente rapidement sur le champ de bataille.

L'attention de papa était constamment concentrée sur les émotions qui se dessinaient sur le visage de Sheetal.

Le jeu était assez intéressant. Sheetal applaudissait bruyamment lorsqu'il sentait que son père allait perdre le match. Elle a crié : "Maman, je vais gagner cette fois".

Ensuite, maman tapotait Sheetal dans le dos et papa faisait semblant de pleurer.

Sunny et maman ont continué à remonter le moral des joueurs en les applaudissant continuellement. À ce moment-là, papa a senti que Sheetal devenait nerveuse. Le père a donc délibérément commencé à perdre et, cette fois, il a laissé sa fille gagner en faisant des efforts conscients. Sheetal était très heureuse de sa première victoire aux échecs.

Maman a dit : "Allez, dépêchez-vous, emballez rapidement le jeu et allez à la table à manger pour le déjeuner".

Tout le monde s'est ensuite dirigé vers la table pour le déjeuner.

C'est ainsi qu'en jouant et en s'amusant, Sheetal a eu onze ans. Le travail acharné de Venkatesh a porté ses fruits. Au cours de ces cinq dernières années, elle a excellé dans le jeu d'échecs. Elle a participé à plusieurs tournois dans sa ville et son district, remportant de nombreuses victoires.

Aujourd'hui encore, il y avait un tournoi d'échecs dans lequel Sheetal avait remporté une médaille d'or. Tous les membres de la famille se sont joints à la cérémonie, d'où ils sont rentrés chez eux avec la médaille. Venkatesh se sentait particulièrement chanceux aujourd'hui. Il dit à sa femme Radhika : "Te souviens-tu de ce jour où notre Sheetal est née et où ma mère s'est moquée de toi parce que tu donnais naissance à une fille ? Ce jour-là, j'ai décidé de la rendre si capable qu'elle ferait honneur à notre nom de famille. Aujourd'hui, si ma mère était encore en vie, elle serait fière de notre petite-fille chérie".

Radhika acquiesce. Maintenant, elle regardait vers le ciel et remerciait les dieux du ciel pour tout ce qu'il y avait de bon dans leur vie.

L'arc-en-ciel coloré de Bholu

Bholu le coquin

Il était une fois un garçon qui s'appelait Bholu. C'était un garçon de dix ans très mignon, beau et potelé. Bholu était un peu espiègle et méchant, mais aussi intelligent. Les parents de Bholu et tous les membres de sa famille l'aimaient beaucoup.

Bholu n'aimait pas du tout aller à l'école. Mais ses parents ne l'autorisaient pas à rester à la maison les jours d'école. Bien qu'on lui ait expliqué l'importance de l'éducation, il a voulu étudier lui aussi. Mais il n'a pas pu se concentrer longtemps sur ses études. Peu importe ce que ses professeurs enseignaient en classe, il ne pouvait pas

apprendre grand-chose.

Il regardait vers le professeur pendant un moment, puis baissait la tête et s'asseyait tranquillement. Pour ne pas craindre d'être

interrogé, il essayait souvent de regarder dans une autre direction.

Un jour, Bholu se rendit à l'école. Son professeur de sciences a annoncé à la classe : "Les enfants, demain, je ferai passer un test à la classe. Vous devez tous lire attentivement le chapitre et vous préparer". Tous les enfants ont acquiescé. Lorsque Bholu est rentré chez lui, il a commencé à jouer. Il a oublié qu'il devait se préparer pour le test. Une fois le match terminé, il s'est régalé, a regardé la télévision et s'est endormi. Le matin, alors qu'il se préparait pour aller à l'école, il s'est souvenu du test.

"Oh ! Yaar Bholu ! Que ferez-vous là-bas ? Vous n'avez pas étudié du tout ?" Il se parlait à lui-même.

"Je dois trouver une solution. Sinon, ce sera un gros problème pour moi".

Bholu a pensé à prendre un jour de congé de l'école ce jour-là. Comme il n'avait pas étudié pour le test, la réprimande était inévitable. C'est alors que l'idée lui vient. Il a décidé de mettre cette idée à l'épreuve.

"Maman, maman", a crié Bholu.

Sa mère se précipite vers lui.

"Qu'est-ce qu'il y a ? Tu ne te prépares pas pour l'école ? Ton bus scolaire doit bientôt arriver", lui demande sa mère.

"Non, maman. Je ne peux pas aller à l'école.

"Pourquoi ? Que s'est-il passé ?

"Maman, j'ai très mal au ventre".

En entendant cela, sa mère s'est inquiétée. Elle ne pouvait pas l'envoyer à l'école dans cet état. Elle lui a demandé de rédiger une demande de congé et de la remettre à son ami. La ruse de Bholu a fonctionné. Il était très heureux. Il fit ce que sa mère lui demandait et commença à planifier comment passer la journée. "Maintenant, je vais m'amuser à la maison." Bholu a pensé .

Quand sa mère était près de lui, il faisait semblant d'être malade, mais il ne pouvait pas le faire longtemps.

Dans l'après-midi, il a eu faim. Il se dit que sa mère va lui apporter un délicieux repas. Mais il n'a pas réussi sa mission. Sa mère le réprimande.

"Mon fils, quand tu es malade, tu ne peux pas manger n'importe quoi. Votre estomac a également besoin de repos. Il suffit de prendre une solution de réhydratation orale (SRO) aujourd'hui. Prenez aussi ce médicament et reposez-vous. Quels que soient les plats savoureux que vous souhaitez manger, vous pourrez les déguster un autre jour. Remets-toi vite."

Après avoir entendu cela, Bholu s'est mis à pleurer. Il avait l'impression d'avoir tissé une toile pour lui-même, comme une araignée, et d'y être pris au piège. Il s'est secrètement engagé à ne plus mentir à l'avenir et à ne plus se dérober au travail. A partir de ce moment-là, Bholu est devenu plus sincère dans ses études.

Les ennuis de Bholu

Un jour, en cours de sciences sociales, le professeur explique le chapitre. Lorsqu'elle fut terminée, la conversation s'engagea entre le techer et les enfants. Elle a commencé à demander aux enfants quelles étaient leurs aspirations. Bholu en avait une idée. Il s'inquiétait de ce qu'il dirait à l'enseignant à son tour. C'est alors que la cloche a sonné et que l'école s'est terminée. Tous les enfants sont rentrés chez eux. Bholu est monté dans le bus scolaire. Après avoir pris place, il a commencé à s'inquiéter. Il ne savait pas ce qu'il deviendrait une fois adulte. Lorsque Bholu est descendu du bus, il est arrivé à l'arrêt le plus proche de sa maison. Il a commencé à se diriger vers son domicile. Il vit un mendiant assis au bord de la route. Bholu a pris peur. Il s'imagine alors qu'il est lui-même vêtu de haillons à la place du mendiant qui demande l'aumône. Cependant, il se ressaisit rapidement. Il a décidé qu'il parviendrait de toute façon à étudier et à prendre un emploi réputé afin de mener une vie respectable. Au moins, il n'est pas prêt à devenir mendiant. Bholu rentra chez lui, se changea et se coucha sans rien faire d'autre.

Bholu était assis dans la salle d'examen, se grattant la tête. Il avait un questionnaire dans les mains et une feuille de réponse sur le bureau. Bien qu'il ait lu les questions du questionnaire, il n'a pas pu répondre à une seule d'entre elles. Se demandant ce qu'il devait faire, il a commencé à feuilleter les pages de sa feuille de réponses. Après réflexion, il commence à tourner la tête pour voir les enfants autour de lui. Il pensait demander à quelqu'un, mais la chance l'a trahi ici aussi. Aucun enfant ne l'a regardé, mais l'enseignant l'a bien vu. Bholu est alors très effrayé. Il a décidé de demander de l'aide au professeur. Prenant son courage à deux mains, il se lève de sa chaise et s'adresse au professeur.

"Monsieur, monsieur, expliquez-nous le sens de cette question", a-t-il lancé à l'enseignant.

"L'examen est en cours. Est-ce un plaisir ? Faites-le vous-même. Lisez attentivement les questions, comprenez-les et écrivez vous-même les réponses sur la feuille". Le professeur a répondu sévèrement.

Bholu s'assit pendant un moment et s'approcha à nouveau de l'enseignant, répétant la même demande. Bien qu'il ait essuyé plusieurs refus, lorsque Bholu a persisté, l'enseignant l'a grondé bruyamment et l'a même giflé sur la joue. Bholu a poussé un grand cri. Alors qu'il tente de se rasseoir, il tombe au sol avec un bruit sourd. Les autres enfants présents dans la salle d'examen ont éclaté de rire à cette vue.

"Bholu, Bholu, que s'est-il passé ? Bholu a entendu une voix. Lorsqu'il a ouvert les yeux, il n'a trouvé personne près de lui.

Lorsque Bholu entendit à nouveau la voix, il fit un effort pour ouvrir les yeux et vit sa mère debout devant lui. Elle essayait de se relever. Il comprend alors qu'il est en train de rêver.

"Fils, tu n'as pas faim ? Lève-toi, lave-toi les mains et le visage". Elle a ajouté.

Bholu se souvient du rêve, de la salle d'examen et du questionnaire.

"Oh mon Dieu ! C'était un rêve terrifiant. J'ai cru que c'était réel". pensa Bholu.

Depuis lors, Bholu a pris ses études au sérieux et les a suivies régulièrement.

Oiseau national Paon

Un jour, Bholu jouait dans la cour de sa maison. Soudain, il sent quelques gouttes d'eau sur son visage.

"Oh quoi ? Il a commencé à pleuvoir ?" pensa-t-il. Bholu était très heureux. Peu à peu, les gouttes de pluie sont devenues plus lourdes, puis une averse torrentielle a commencé. Dès que la mère de Bholu a vu cela, elle a crié : "Bholu, entre dans la chambre. Sinon, l'eau de pluie humidifiera vos vêtements. Vous risquez de souffrir du froid". Elle est venue dans la cour pour appeler son fils à l'intérieur. Elle voit Bholu danser sous l'averse.

"Viens Bholu. Arrêtez de vous baigner. Prenez une serviette et séchez-vous. Regarde, tes vêtements sont complètement imbibés d'eau. Va changer de vêtements", ordonne-t-elle.

"Non, maman ! Je ne viens pas maintenant. J'aime me baigner sous la pluie. S'il vous plaît, laissez-moi rester ici encore un peu. S'il vous plaît, s'il vous plaît, s'il vous plaît ma bonne mère". Bholu a plaidé.

"Prends une douche rapide et rentre à l'intérieur. Vous aviez déjà pris un bain et le matin. Maintenant, tu ne dois pas te comporter comme ce fils".

"Maman, s'il te plaît". Bholu demandait encore à sa mère.

La mère est en colère car Bholu ne l'écoute pas. Il profite encore de l'averse. Bien souvent, cela se produit dans nos foyers lorsque des différences apparaissent entre les deux, le parent et l'enfant. Les parents se soucient du fait que leurs enfants ne souffriront pas de toute façon et les enfants veulent profiter de la vie à leur manière.

Bholu hésite mais ne peut défier les ordres de sa mère trop longtemps. Il est entré dans la maison, s'est séché et a mis ses nouveaux vêtements. Sa mère lui apporte alors un verre rempli de lait chaud. Bholu but le lait et se sentit à l'aise.

Le père de Bholu était également assis dans la pièce. Bholu s'est assis à côté de lui. Il a commencé à regarder dehors. Soudain, une forte odeur de pakoras frits leur parvient au nez. L'attention de Bholu se tourne vers la cuisine où sa mère prépare des pakoras chauds.

Bholu se rend à la cuisine. Il adorait manger des pakoras. La mère l'a vu et lui a demandé : "Bholu, veux-tu manger des pakoras ?".

Bholu n'a pas répondu. Il est resté là, en baissant la tête.

"Bholu, ta mère te demandait quelque chose. Avez-vous répondu ?"

"Oui, maman. J'en prendrai." Bholu a répondu.

"A quoi penses-tu, mon fils ? Tout va bien ? On dirait que quelque chose vous préoccupe. "

"Oui, maman. Vous avez raison. Je souhaite quelque chose. Allez-vous réaliser mon souhait ? J'ai entendu dire et j'ai vu sur des photos qu'un paon qui danse est très beau. Je veux voir un paon danser dans la réalité". demande Bholu.

Pendant ce temps, sa mère a préparé les pakoras et éteint la cuisinière à gaz. Puis elle a commencé à disposer les pakoras et la sauce sur un plateau.

"Bholu, il est vrai que les paons sont très beaux lorsqu'ils dansent. C'est aussi notre oiseau national. J'aime aussi les regarder danser parce qu'elles ont l'air si joyeuses à ce moment-là". Elle tendit de petites assiettes à Bholu et lui dit : "Prends ces assiettes et va là-bas. J'apporterai du thé et des en-cas. Nous en parlerons après le thé".

Bholu se dirige vers la salle où son père est assis. Sa mère l'a suivi avec les snacks et le thé. Il s'agissait d'un délicieux goûter. Ils ont tous apprécié.

À la fin, Bholu a déclaré : "Papa, j'ai quelque chose à dire. S'il vous plaît, écoutez-moi".

"Oui, dis-moi, mon fils. Qu'est-ce que tu veux ?" demande son père.

"Papa, as-tu déjà vu les paons danser ? J'ai lu de nombreux livres à ce sujet et j'ai également vu des images dans des livres à la télévision. Mais en réalité, je ne l'ai jamais vu. Je veux voir un vrai paon danser, mon père, s'il vous plaît." Bholu a plaidé.

"Bholu, ce n'est pas une grande question. Nous pouvons visiter le zoo et voir non seulement les paons mais aussi beaucoup d'autres oiseaux et animaux". C'est ce qu'a suggéré son père.

"Vraiment, papa ? Peut-on voir un paon danser au zoo ? Je veux la voir danser de mes propres yeux". Bholu insiste.

"Oui, Bholu. Vous avez raison. C'est un plaisir pour tout le monde de voir un paon danser. La joie de danser ajoute à sa beauté. Mais elle est rarement visible. Où trouver le paon dansant ? Laissez-moi réfléchir un peu". Il a poursuivi.

Il semble difficile de réaliser son souhait au zoo. Comme un paon, ne jamais danser quand il y a une foule. Vous en trouverez peut-être un dans la jungle. Vous avez certainement entendu le proverbe "Qui a vu un paon danser dans la jungle ?" Ce proverbe existe parce que le paon danse dans la solitude. Vous pouvez la regarder en vous cachant dans un endroit proche. En général, il s'envole s'il sent qu'il y a quelqu'un à proximité". Son père explique.

"Vraiment, papa ? C'est bien cela ?" En disant cela, Bholu est resté silencieux. Il se sentait triste. Il se mit à regarder fixement dans le vide. Il allait perdre l'espoir de voir son souhait de voir le paon danser se réaliser un jour.

Sa mère comprend l'état d'esprit de Bholu. Elle a dit : "Bholu, c'est un travail très difficile. J'ai moi-même vu les paons danser à peine trois ou quatre fois jusqu'à présent ? Vraiment les paons sont rarement visibles et pour trouver un paon qui danse, nous avons le moins de chances...".

Le niveau d'espoir de Bholu a recommencé à augmenter.

"Vraiment, maman ? Comment et où ? Dites-moi !" demande Bholu avec impatience.

"Attendez, je vais tout vous dire. Lorsque nous voyageons en bus et que nous traversons une jungle, il arrive que nous apercevions des paons qui dansent sur le chemin". Sa mère explique.

"D'accord !" a déclaré Bholu. Il s'est laissé convaincre. Il était heureux de savoir qu'il y avait encore des chances pour que son souhait soit exaucé.

Dieu a été très gentil avec Bholu. Il n'a pas eu à attendre longtemps. Un jour, Bholu a eu l'occasion de voyager. Il voyageait en bus avec ses parents pour visiter le village de ses grands-parents. Le bus passe à côté d'une jungle. Le ciel est nuageux. Bholu avait prié Dieu le matin en silence pour qu'il réalise son souhait.

Bholu occupait un siège à la fenêtre, comme d'habitude. Il profite de la vue sur l'extérieur. Soudain, il s'exclame avec joie. Il vient de voir un paon danser devant la fenêtre. Il n'en croyait pas ses yeux.

"Que s'est-il passé, mon fils ?"

"Maman ! Papa ! J'ai vu un magnifique paon à l'instant ! Il était là !" Bholu a pointé du doigt la direction dans laquelle se trouvait le paon. Mais ils n'ont pas pu l'apercevoir car le bus avait avancé. Puis, tout au long de son voyage, il a aimé voir de nombreux autres paons errer ici et là.

Bholu était ravi. Le désir qu'il nourrissait depuis longtemps s'est enfin réalisé. Il a remercié Dieu d'avoir écouté ses prières et d'y avoir répondu de manière positive.

Un mauvais ouvrier se dispute avec ses outils

Un jour, Bholu se rendit à l'école. Il était assis dans sa classe. Le cours d'hindi est en cours. Le professeur enseignait. Elle dit : "Les enfants, aujourd'hui je vais vous apprendre des expressions idiomatiques".

Tous les enfants deviennent un peu plus attentifs. C'était un nouveau sujet pour eux. Certaines expressions idiomatiques ont un sens pour Bholu, d'autres non. Il s'est dit : "D'accord. Je vais apprendre des expressions idiomatiques à la maison aujourd'hui. Je demanderai à maman de m'aider à cet égard".

Sur le chemin du retour, Bholu a continué à réfléchir au chapitre des expressions idiomatiques. En arrivant à la maison, il a trouvé sa mère allongée sur le lit alors qu'elle ressentait une forte douleur à la tête.

Inquiet, Bholu lui demande : "Maman, as-tu pris des médicaments ?". Après avoir entendu son "non", Bholu a apporté des médicaments et de l'eau à sa mère. Elle a pris le médicament et s'est recouchée. Puis Bholu se rendit à la cuisine pour trouver de quoi manger. Sa mère l'appelle et lui demande de se préparer un sandwich avec du pain, du beurre, du concombre, des tomates et de la sauce. Bholu commence à préparer le sandwich.

"Il y avait environ une demi-heure quand Bholu est entré dans la cuisine." Sa mère, curieuse de ce retard, s'est demandé ce qu'il faisait là jusqu'à présent. La préparation d'un sandwich prend-elle trop de temps ?" Elle se lève et se rend à la cuisine pour voir ce qui se passe. Elle ressentait alors un certain soulagement dans son mal de tête.

À sa grande surprise, elle trouve Bholu qui s'efforce de couper le concombre. Elle lui demanda le couteau et le concombre en disant : "Apporte-les ici, Bholu. Je vais rapidement couper le concombre pour vous".

Bholu répond : "Maman, ce couteau est trop émoussé. Cela fait longtemps que j'essaie de couper le concombre, mais je n'y arrive pas".

Sans dire un seul mot en réponse, maman a rapidement coupé le concombre avec le même couteau. Bholu se sent gêné et commence à marmonner. Sa mère lui dit : "Bholu, un mauvais ouvrier se dispute avec ses outils. Comme vous n'avez pas pu couper le concombre, vous avez rejeté la faute sur le couteau. Regardez, le couteau fonctionne parfaitement". Tout en disant cela, elle regarde Bholu d'un œil inquisiteur. Bholu a commencé à jeter un coup d'œil de côté. Secrètement heureux, il ne peut contenir sa joie et se met à danser. Il s'est dit : "Je pensais justement à apprendre des expressions idiomatiques avec maman quand, au cours de notre conversation, maman m'a expliqué l'une d'entre elles. Maintenant, c'est clair pour moi. Je ne lui en ai même pas parlé. Elle le savait elle-même. . Ouah ! Ma mère est un génie. Mon professeur avait enseigné le même idiome en classe".

Sa mère a rapidement préparé un sandwich pour Bholu et l'a servi. Il a pris plaisir à le manger. Entre-temps, elle lui a préparé un milkshake. Il a avalé tout le milkshake à grandes gorgées. Ils sont ensuite sortis de la cuisine et sont entrés dans la pièce. Bholu se souvient alors que sa mère avait mal à la tête il y a quelques instants.

Il a demandé : "Maman, comment te sens-tu maintenant ?"

Elle a répondu : "Mieux qu'avant". Elle tend le verre vide à Bholu et lui dit : "S'il te plaît, Bholu, va le garder dans la cuisine."

Bholu tend la main, mais son attention est ailleurs ; le verre tombe et se brise sur le sol. Bholu est décontenancé.

"Fils, pourquoi n'as-tu pas tenu le verre correctement ?" demande maman.

Bholu, se sentant coupable, a répondu : "Maman, tu l'as fait tomber avant que je puisse le tenir". Il a tenté de justifier son erreur.

Sa mère, le regard furieux, l'a regardé et lui a dit : "Bholu, c'est maintenant que le dicton 'la marmite qui appelle la marmite noire' se réalise. Vous n'avez pas pu attraper le verre, et vous dites que je l'ai fait tomber."

Bholu a commencé à se gratter la tête, essayant de comprendre le sens de l'expression "le pot aux roses". Sa mère s'est levée du lit et a ramassé les morceaux de verre brisé sur le sol.

Exposition scientifique

Une fois dans l'école de Bholu, une exposition scientifique allait être organisée. Son professeur de sciences a annoncé à la classe : "Les élèves, chacun d'entre vous doit réaliser un modèle ou un projet scientifique. L'école va organiser une exposition scientifique après quatre jours. Vous devez tous apporter un modèle ou un projet fonctionnel à me montrer dans les deux jours".

Bholu commence à se sentir dépassé. Il pensait qu'il y avait toujours un nouveau problème auquel il ne voulait pas faire face. Pourtant, il a dû y faire face. Il se disait : "Ce modèle, je ne sais pas quoi faire, ni comment ?". Il demande conseil à un camarade de classe, mais même l'autre enfant semble perplexe. Bholu remarque que toute la classe est occupée à discuter et que certains élèves entourent le professeur pour échanger des idées. À la fin de la journée d'école, Bholu est rentré chez lui. Il est allé directement voir sa mère et lui a dit : "Maman, maman, il va y avoir une exposition scientifique dans notre école. C'est ce que nous a dit notre professeur de sciences. Voulez-vous m'aider ?"

"Bien sûr, je le ferai. D'abord, dites-moi ce que vous voulez faire".

"Je ne sais pas. Donnez-moi une idée pour un modèle de travail. C'est ce qu'a dit mon professeur".

"D'accord. Je vous donnerai un livre. Lisez-le et choisissez ce que vous voulez". En disant cela, maman ouvre l'étagère et en sort un livre sur les projets scientifiques. Bholu était très heureux de l'avoir. Il a commencé à le lire avec empressement. Il est vrai que toute tâche difficile devient facile lorsqu'elle est déterminée. La planification, le dévouement, le travail acharné et l'enthousiasme sont les outils nécessaires. Il a continué à lire, mais rien ne semblait avoir de sens. Les projets qu'il a lus lui ont semblé trop difficiles. Il avait l'impression qu'il ne pourrait en réaliser aucune. Soudain, les yeux de Bholu atteignent une page où il trouve la description complète d'un ascenseur. Il a trouvé les réponses à toutes ses questions.

Bholu est allé voir sa mère et lui a dit qu'il allait faire une maquette d'ascenseur. La mère de Bholu, qui était ingénieur, était heureuse d'entendre son choix. Ensemble, ils ont rassemblé tout le matériel nécessaire à la réalisation de la maquette : une grande planche de bois, des clous, des fils et des poulies. À l'aide de ces matériaux, Bholu et sa mère ont créé un modèle d'ascenseur. Bholu se souvient alors qu'il avait reçu un jour un ensemble de poupées en guise de cadeau d'anniversaire.

"Pourquoi ne pas les transformer en passagers qui montent et descendent dans l'ascenseur ? Ouah ! Quelle idée fantastique !"

Lorsque le modèle de l'ascenseur a été prêt, il fonctionnait réellement. Il a démontré le fonctionnement d'un ascenseur. Bholu était très heureux. Il a remercié sa mère de tout cœur pour avoir toujours été une main secourable pour lui. Bholu a rédigé une description détaillée pour expliquer le fonctionnement de son ascenseur.

Lorsque l'exposition scientifique a eu lieu, la scène était étonnante et unique. Tous les enfants avaient apporté divers projets/modèles. Un élève a fabriqué une cloche pour attraper les voleurs, un autre a démontré le mécanisme d'une éruption volcanique. L'un d'entre eux a abordé le thème de la pollution de l'environnement, tandis qu'un autre a réalisé un clone de mouton. Il y a eu beaucoup d'autres projets. Bholu a également présenté son modèle d'ascenseur à l'exposition de la meilleure façon possible. Lorsque son tour est arrivé, il a expliqué en détail le fonctionnement de son système de levage.

Il s'agit d'une version miniature de l'ascenseur utilisé comme alternative aux escaliers dans les bâtiments. Tous les enseignants et le directeur ont loué l'intelligence et le talent de Bholu.

L'arc-en-ciel coloré de Bholu

Un jour, Bholu s'endort dans l'après-midi. Il n'avait aucune idée du temps qui s'était écoulé pendant son sommeil. Lorsqu'il se réveilla, le soleil s'était déjà couché et le soir était arrivé. Dès son réveil, il se rend dans le potager de sa maison. Il y avait beaucoup d'arbres fruitiers, de fleurs et de plantes potagères. Bholu aimait passer du temps dans le jardin. Mais ce jour-là, la verdure et les couleurs étaient quelque peu différentes de l'ordinaire. Toutes les plantes semblent sourire à Bholu. Les feuilles de toutes les plantes avaient un aspect brillant et les fleurs s'épanouissaient avec plaisir. Les pétales de tournesol se balançaient vigoureusement comme pour lui souhaiter la bienvenue.

"Hé ! Il y a quelque chose de spécial aujourd'hui ?" se dit Bholu.

Soudain, les yeux de Bholu sont attirés vers le ciel sans raison apparente.

"Mère ! Mère ! A bientôt. Regarde, il y a un arc-en-ciel dans le ciel. Maman, viens vite !" Bholu ne pouvait contenir sa joie. Il n'avait jamais vu un arc-en-ciel aussi beau. Sa joie transparaissait clairement dans sa voix. Sa mère, entendant la voix de Bholu à l'intérieur de la maison, l'a cherché et est sortie.

"Qu'est-ce qui s'est passé, Bholu ?

"Maman ! Regarde là-haut, l'arc-en-ciel". Bholu montre le ciel avec enthousiasme.

"Oh wow !" Sa mère, elle aussi, regarde le ciel avec joie.

"Maman ! C'est tellement beau. Pourquoi l'arc-en-ciel n'apparaît-il pas tous les jours ?" demande Bholu en toute innocence.

"Fils, l'arc-en-ciel se forme dans certaines conditions spécifiques après la fin de la pluie. C'est à ce moment-là qu'elle est visible dans le ciel. Viens, Bholu, asseyons-nous là et parlons-en plus longuement."
Ils se sont assis sur un banc dans le jardin. Sa mère explique : "La lumière blanche est composée de sept couleurs. Bien que dans des conditions normales, il apparaisse comme blanc, dans des circonstances particulières, il se divise en sept couleurs. Elle se présente sous la forme d'une bande de sept couleurs selon un schéma particulier. Il a l'air vraiment beau et s'appelle arc-en-ciel. Vous pouvez également observer de tels motifs de couleurs dans votre laboratoire de physique à l'aide d'un prisme. Votre professeur peut vous aider à cet égard".

"Maman, je ne comprends pas. Quel prisme dans le ciel divise la lumière en sept couleurs ?" demande Bholu avec beaucoup d'innocence.

"Bholu, tu as posé une question très intelligente aujourd'hui. Ecoutez, lorsqu'il y a de fortes pluies pendant une période prolongée, une couche d'eau se forme dans l'atmosphère. Même lorsque la pluie s'arrête et que le soleil redevient visible, cette couche reste en place pendant un certain temps. Cette couche, constituée de gouttelettes d'eau, agit comme un prisme. Lorsque la lumière du soleil la traverse, elle est réfractée et divisée en sept couleurs dans un ordre spécifique, créant ainsi un arc-en-ciel magnifique et enchanteur dans le ciel".

Bholu a trouvé les informations données par sa mère vraiment fascinantes. Par une journée ensoleillée, alors qu'il faisait ses devoirs assis dans la cour, un stylo Reynolds à la main, il a vu un motif similaire de sept couleurs qui ressemblait exactement à l'arc-en-ciel qu'il avait vu précédemment dans le ciel. Il était ravi et pensait.

"Est-ce que je rêve ? N'est-ce pas un petit arc-en-ciel ici sur mon carnet ? Qu'est-ce qui a permis de se former ici ?"

Son attention se porte alors sur le stylo Reynolds qu'il tient à la main.

"D'accord. Je comprends maintenant. Le corps transparent de ce stylo Reynolds est devenu comme un prisme. C'est là que la lumière blanche du soleil qui passe s'est divisée en sept couleurs. C'est pourquoi je peux voir un petit arc-en-ciel sur ma copie. Yaa c'est un petit arc-en-ciel". Le petit arc-en-ciel de Bholu. En pensant cela, Bholu n'a pas pu se contenir. Bholu continue de jouer avec son petit arc-en-ciel coloré et s'amuse beaucoup. Puis il s'est enfui pour raconter sa nouvelle expérience scientifique à sa mère.

Le vendeur de glace

C'est l'été. Devant la porte de l'école de Bholu, un vendeur de glaces se tient tous les jours. Bholu le voit tous les jours. Bholu a envie de sortir de l'argent de sa poche et d'acheter rapidement sa glace préférée. Mais il n'a jamais d'argent en poche. De nombreux enfants de l'école de Bholu achètent chaque jour des glaces au vendeur. Bholu aime tout cela. Lui aussi est friand de glaces. En les voyant déguster des glaces tous les jours, il a encore plus envie de manger des glaces.

Un jour, lorsque Bholu a vu ses camarades de classe manger des glaces, il n'a pas pu retenir ses larmes. Soudain, il réalise qu'il est encore plus pauvre que Rachit. En réalité, ce n'est pas le cas. Les parents de Bholu ont beaucoup d'argent. Ils vivent dans une grande maison et possèdent tout ce que les riches ont. Pourtant, Bholu se sent parfois comme un pauvre type.

"Bholu n'a pas d'argent propre. Il peut demander de l'argent à ses parents pour une bonne cause. Mais pour les glaces, il n'a pas d'argent". Il lui arrive de penser. "Comment ces enfants obtiennent-ils de l'argent pour acheter et manger tout ce qu'ils veulent ? Il n'obtient jamais la réponse à cette question.

Un jour, Bholu a essayé de parler à Shivansh, l'un de ses camarades de classe. Il lui fait part de ce qui le préoccupe. Shivansh lui a dit qu'il possédait son propre argent, appelé argent de poche. Bholu ne connaissait même pas la signification de l'argent de poche. Il pensait que l'argent de poche faisait référence à l'argent gardé dans la poche. Mais Shivansh lui répond qu'il reçoit régulièrement de l'argent de son père, c'est-à-dire de l'argent de poche. Bholu est un peu jaloux de Shivansh.

Ce jour-là, lorsque Bholu a vu Rachit manger de la glace, il a lui aussi eu envie d'en manger. Soudain, une idée vient à l'esprit de Bholu et il se met à sourire. Il a décidé que, quoi qu'il arrive, il apprécierait le goût de la glace, celle du même vendeur qui se tient régulièrement devant la porte de l'école.

Le lendemain, à la sortie de l'école, Bholu se rendit avec fierté chez le marchand de glaces et sortit de sa poche une pièce de vingt roupies. S'avançant vers le vendeur de glace, il lui dit : "Frère, donnez-moi une glace, s'il vous plaît".

"Quel parfum souhaitez-vous ?" demande le commerçant en regardant Bholu.

"Ce bar à la mangue ?" Bholu a pointé son doigt vers une image sur l'étal. Le vendeur de glace lui a donné une barre de mangue. Bholu a dégusté sa glace avec bonheur. Bholu sort ensuite tranquillement un mouchoir de sa poche, s'essuie la bouche et les mains et monte confortablement dans le bus scolaire.

Assis dans le bus, Bholu a ressenti pendant un moment le goût et la joie de la savoureuse crème glacée. Au bout d'un certain temps, la joie a disparu et un sentiment de culpabilité est apparu. Il s'est mis à penser que, grâce à son entêtement, il avait réalisé son désir de manger de la glace, comme il le souhaitait. Mais il a dû voler de l'argent dans le sac de sa mère pour le faire, et cela l'a attristé.

"J'aurais aimé pouvoir déguster une glace sans voler dans le sac de maman. Oui, cela aurait été juste. Aujourd'hui, j'ai fait une mauvaise action pour la première fois. C'est pourquoi je ne me sens pas bien. Voler n'est pas une bonne chose. Mon professeur me l'a dit. Même à ce moment-là, j'ai volé une somme de vingt roupies. Je n'aurais pas dû faire ça". Bholu est resté longtemps dans ce sentiment de culpabilité.

Bholu éprouve alors un véritable remords pour ses mauvaises actions. Il a décidé qu'à l'avenir, il ne s'engagerait jamais dans une activité aussi répréhensible, car il le regretterait plus tard. S'il veut manger une glace, il essaiera de convaincre sa mère et son père en insistant sur la sienne. Dès que Bholu a pris cette résolution, il a ressenti une profonde paix intérieure. Le bus s'est arrêté près de son domicile. Bholu descendit et se dirigea vers sa maison avec une autre résolution : raconter à sa mère qu'elle lui avait volé vingt roupies dans son sac à main et lui demander de lui pardonner. Bholu était très heureux de sa décision.

Le cadeau d'anniversaire de Bholu

Bholu a volé vingt roupies dans le sac de sa mère. Il a ainsi satisfait son désir ardent de manger de la glace. On dit que celui qui se perd le matin ne peut pas être considéré comme un perdant s'il retrouve son chemin le soir. Bholu, lui aussi, avait des remords après avoir volé vingt roupies. Il avait pris la résolution de ne plus jamais voler à l'avenir. Il n'avait pas trop peur que sa mère le gronde si elle apprenait qu'il manquait une somme. Il a décidé d'admettre son erreur et de s'excuser auprès de sa mère sans se soucier de la punition qui l'attend. En revanche, la mère de Bholu n'y prêtait pas beaucoup d'attention à la maison. Ce soir-là, lorsqu'elle a eu besoin de faire de la monnaie dans son sac à main, elle a pensé qu'il devait y avoir des pièces de monnaie. Une idée lui vient à l'esprit : pourquoi ne pas demander à Bholu s'il a pris de l'argent pour une cause. Bholu pense déjà à tout raconter à sa mère. Il l'a fait sans perdre de temps. Il a reconnu son erreur et lui a dit qu'il avait pris vingt roupies dans son sac pour acheter une glace. La mère de Bholu ne l'a pas grondé. Mais elle est restée choquée pendant un moment.

"Oh mon cher ! Tu as dû me parler de ton souhait". Elle a ajouté. Elle est néanmoins satisfaite que son fils se soit excusé pour son erreur.

Elle dit à Bholu : "Bholu, n'aie pas peur de me dire si tu en veux à l'avenir. Si vous en avez vraiment besoin ou si vous souhaitez l'avoir, vous pouvez aussi me persuader d'accepter".

Ensuite, la mère de Bholu et Bholu ont préparé des glaces à la maison. Ils se sont régalés ensemble.

Mais ce n'était pas une mince affaire pour la mère de Bholu. Elle ne pouvait pas l'oublier facilement et ne voulait pas l'oublier. Bholu était son fils unique. Elle ne voulait pas laisser de lacunes dans son éducation. Comme tout parent, elle ne voulait pas que son Bholu devienne un voleur. Elle frémit à cette idée. Les racines de tout acte répréhensible s'installent lorsqu'elles sont ignorées dès le départ, surtout lorsqu'elles passent inaperçues. C'est alors qu'elle a décidé d'en parler au père de Bholu.

Quelques jours plus tard, l'anniversaire de Bholu approchait. Les parents de Bholu ont prévu de lui faire un cadeau surprise. Ils savaient que leur fils Bholu était un peu espiègle mais aussi intelligent. Lui aussi était obéissant. Lorsqu'on lui présentait les avantages et les inconvénients d'une chose, il était capable de comprendre les choses telles qu'elles étaient. Ils ont décidé d'offrir de l'argent de poche à Bholu pour son anniversaire. Ils lui ont dit : "Bholu, à partir de maintenant, tu recevras chaque mois un peu d'argent de poche, que tu pourras dépenser à bon escient ou apprendre à épargner." Bholu a beaucoup apprécié le cadeau surprise pour son anniversaire.

Bholu a touché les pieds de son père et de sa mère et a reçu leur bénédiction. Il les a également remerciés pour ce cadeau d'anniversaire spécial. Après cela, Bholu a décidé de devenir un garçon responsable et raisonnable. Quel que soit l'argent de poche qu'il recevait, il en mettait la plus grande partie dans sa tirelire. Chaque fois qu'il avait besoin de quelque chose, il l'aurait fait de manière avisée. Un jour, lorsqu'il a ouvert sa tirelire, il a été surpris de voir qu'il avait collecté une si grosse somme. Il était très heureux. Il en a parlé à sa mère et lui a demandé : "Puis-je dépenser mes économies ?"

Sa mère lui a donné la permission de dépenser l'argent. Il s'est ensuite rendu au marché pour acheter de nouveaux haut-parleurs pour son ordinateur.

Shivalik

La poupée et l'ours en peluche
Sur la route de Nanhe Gaon à Kalpanagar, il y a une très grande maison. La grandeur du bâtiment est évidente au premier coup d'œil. Nanhe Gaon Road est une route principale très fréquentée. Si vous vous y rendez un jour, les lumières étoilées de ce magnifique bâtiment attireront votre attention  dès la route. Vous avez peut-être l'impression que Diwali approche. A l'intérieur de ce magnifique bâtiment vit une famille heureuse de quatre personnes. Les personnes qui y vivent sont Shivalik, sa sœur Rashmi, sa mère et son père. Shivalik est un petit garçon d'environ six ans. Rashmi, la sœur de Shivalik, a environ trois ans. La mère et le père ont une trentaine d'années.

Shivalik et Rashmi sont frères et sœurs. Shivalik va à l'école et Rashmi, plus jeune, reste à la maison. C'est également à la maison qu'elle fait ses premiers pas dans l'enseignement. Les deux frères et sœurs sont très intelligents et vifs. Shivalik partage toutes les choses intéressantes qu'il apprend à l'école avec tout le monde à la maison. Maman écoute et Rashmi aussi. Maman enseigne un peu à Rashmi. Rashmi a déjà appris de nombreux petits poèmes et passe toute la journée à les réciter en se promenant dans la maison. Elle aime aussi créer et mettre le bazar sur le papier avec des crayons de couleur. Tracer des lignes, faire du désordre sur le papier. Elle aime beaucoup ces activités qui sont pleines de malice et divertissantes. Les deux enfants jouent souvent ensemble.

Ah oui, je ne t'ai pas encore présenté les poupées du musée des poupées. Commençons par l'extérieur. La maison comprend de nombreuses pièces et une grande pelouse. Il y a beaucoup de plantes dans la pelouse. A l'intérieur de la maison, il y a un grand salon avec des meubles, une télévision et deux armoires. Elles ont des portes en verre, on peut aussi les appeler des vitrines. Je les appelle le musée de la poupée. Et pourquoi ? On y trouve de nombreux jouets et objets de décoration. Il y a des petites voitures, des plus anciennes aux plus modernes. Il y a des éléphants, des chevaux, des soldats et même des robots. En plus de tout cela, il y a un magnifique ours en peluche, Bhanu, et une adorable poupée, Sara.

Lorsque quelqu'un entre dans la pièce, l'ours en peluche sourit et souhaite la bienvenue à tout le monde. La poupée dort tout le temps et ouvre rarement les yeux. L'ours en peluche et la poupée des vitrines sont tous deux placés sur les murs, face à face. C'est pourquoi l'ours en peluche regarde toujours la poupée et attend qu'elle se réveille. Il est ainsi tombé amoureux de la poupée et a commencé à la considérer comme la sienne. Parfois, lorsque Rashmi sort sa poupée de l'armoire pour jouer avec elle, l'ourson aime beaucoup cela.

Aujourd'hui, Bhanu est très triste. Lorsque Bhanu se réveille, Sara dort encore. "Est-ce que ça va ? Elle dort toute la journée comme si elle n'avait pas de travail. Pourquoi ne se réveille-t-elle pas à l'heure comme moi ? Même lorsqu'elle se réveille, elle fait la sieste ou regarde autour d'elle. Parfois, elle me voit par erreur. Et moi ? J'ai passé toute la journée à la regarder". Bhanu reste assis et réfléchit sans cesse.

"Et qu'est-ce que je peux faire ? Lorsqu'il n'y a pas d'autre travail à faire. Et elle a été habillée dans l'armoire d'entrée. Maintenant, comment puis-je fermer les yeux quand elle est juste en face de moi ? Pour être honnête, j'ai envie de jouer avec cette poupée. Elle ressemble à ma propre poupée. Quelqu'un peut-il me dire ce qu'il faut faire ?" Bhanu réfléchit. La pauvre créature Bhanu, victime du destin, ne peut rien faire.

Un jour, Bhanu entendit Shivalik lire : "Fais ton devoir, ne désire pas le résultat." Cela l'a amené à se demander quel est l'intérêt de s'asseoir et de réfléchir. Certains mouvements sont nécessaires. Il a donc essayé de bouger un peu, et dans cette tentative, il a accidentellement fait tomber les jouets qui se trouvaient à proximité. Le robot le fixe et les voitures se mettent à faire du bruit pour l'effrayer. Il s'assoit ensuite tranquillement, tout à fait serein.

Puis, il a commencé à évoquer ses souvenirs. Il se souvient du jour où Shivalik a visité la grande salle d'exposition où Bhanu avait séjourné auparavant. En le voyant, il s'est montré très enthousiaste ? Il a ensuite insisté pour acheter l'ours en peluche, c'est-à-dire moi. En pleurs, il s'est assis sur le sol de cette salle d'exposition. C'est ce jour-là que Bhanu s'est rendu compte pour la première fois de sa beauté.

"Et pourquoi pas ? Les enfants intelligents comme Shivalik ne s'excitent pas sans raison. Il doit y avoir quelque chose de spécial chez moi". En pensant cela, Bhanu se sentit fier et essaya de bouger, tentant de tomber sur les genoux de Shivalik. Avant de faire cela, une main s'est approchée de Bhanu pour le soulever. Peut-être était-ce la main du commerçant. Au bout d'un moment, il ne voit plus rien. Peut-être avait-il déjà fait ses valises. À un moment donné, il a eu peur. Il a cru qu'il était mort. Il avait entendu dire que lorsque les gens meurent, c'est la fin du monde. Il savait aussi que tout le monde doit mourir une fois dans sa vie. Il ferme alors les yeux et prie Dieu pour que ce ne soit pas le cas. Lorsqu'il a ouvert les yeux, il s'est retrouvé dans une nouvelle maison. C'était comme un nouveau jour pour lui.

"Oh, qu'est-ce que c'est ? Est-ce un nouvel endroit où suis-je venu ?" Il se posait des questions lorsqu'il a vu Shivalik se tenir devant lui. Au bout d'un certain temps, il apprit qu'il s'agissait d'une maison de ces personnes. "Dieu a entendu ma prière. Je resterai ici avec ces enfants adorables. Ce n'était qu'un magasin, pas une maison. Il y avait aussi beaucoup de monde". La mère de Shivalik l'avait acheté au commerçant pour Shivalik. En pensant cela, Bhanu commença à s'émerveiller lui-même.

Le long nez de Bhanu

"Aujourd'hui, il y a beaucoup d'agitation dans la maison depuis le début de la matinée. Que se passe-t-il ? Il règne partout une atmosphère de gaieté. J'ai envie de savoir rapidement ce qui se passe". Bhanu était assis devant la vitrine de Sara, perdu dans ses pensées. Et que pouvait faire d'autre cet ourson joufflu ? Il semble que penser trop soit devenu une habitude pour lui.

Juste à côté, il y avait un robot. Bhanu avait parfois l'impression d'avoir commencé à penser comme un esprit robotique en compagnie de ce robot. Il se souvient du jour où Shivalik l'a amené dans cette maison dans une boîte fermée. À l'époque, il n'était pas un penseur profond.

Mais il n'aime pas trop réfléchir, et surtout pas à des choses inutiles. Il préfère jouer et parler.

Aujourd'hui, ces deux problèmes sont entrés peu à peu dans sa vie. Bien sûr ! jouer avec qui et parler... ? Tous ces jouets sont très arrogants. Ce robot, qui sait ce qu'il pense de lui-même ? Ce soldat et ces petites voitures ! Tous se considèrent comme réels. Ils pensent comme si le robot faisait un vrai travail, le soldat, un vrai combat, et les voitures roulent sur de vraies routes. Parfois, lorsqu'ils parlent, il y a une odeur nauséabonde. Leur attitude condescendante pue l'arrogance. Et le pauvre Bhanu... ! Il était si innocent, comme une poupée innocente, pas de tromperie, pas d'extravagance. Et il sait qu'il n'est pas moins que les autres. C'est pourquoi il s'efforce d'oublier en peu de temps tous les mauvais comportements des uns et des autres. Pourquoi se souvenir ? Il semble que ce soit assez ennuyeux. Après tout, son seul soutien est Sara. Il continue à la regarder. Juste devant lui, une jolie poupée est posée dans une vitrine. Parfois, on a l'impression qu'elle dort, et parfois, on a l'impression qu'elle sourit. Parfois, Bhanu est troublé et a l'impression qu'elle rougit en le regardant encore et encore.

Parfois, Bhanu a l'impression de tomber amoureux de Sara. Il se demande alors si Sara l'aime aussi en retour ou non. Cela vaut-il la peine d'y réfléchir ? Il est tout à fait évident que lorsqu'ils sont ensemble toute la journée, il doit y avoir de l'amour entre eux. Et quelqu'un doit être fou si, après avoir passé toute la journée avec quelqu'un, vous ne ressentez aucun amour pour lui. Il est très difficile de définir l'amour ou de l'expliquer. En réfléchissant à ces questions, il semble qu'il n'y ait pas de réponse précise.

Bhanu se met alors à attendre et à prier : "O Sara ! Vous vous réveillez bientôt. Pour que nous puissions jouer ensemble".

Elle s'est enfin réveillée. Elle a l'habitude de se lever tard le matin. Comme c'est une poupée, elle est probablement fatiguée de rester assise toute la journée. Au contraire, Bhanu est un homme très actif. Il est peut-être un peu grassouillet, mais il bouge un peu et essaie de sentir les vibrations autour de lui pour savoir ce qui se passe à proximité. Qui entre dans la maison ? Qu'est-ce qui se prépare dans la cuisine ? Et bien d'autres choses encore. Ce matin, il a entendu dire que les enfants étaient très heureux d'aller à l'école. Rashmi a également accompagné sa mère à l'école de son frère. Il est maintenant midi. L'odeur de la nourriture délicieuse lui met l'eau à la bouche. Bhanu se dit que s'il était un humain, il apprécierait lui aussi une grande variété de plats. Mais les jouets ne sont que des jouets. Ils ne peuvent pas goûter la nourriture délicieuse. Ils ne peuvent que ressentir. Ils se sentent également bien lorsqu'ils voient les enfants prendre plaisir à manger des plats savoureux.

"Sara ! Sara ! Ecoutez-moi !" Bhanu murmurait. La voix n'était pas trop forte pour l'atteindre, mais il avait l'impression qu'elle avait entendu sa voix. Sara regardait vers lui et souriait.

"Sara ! Sara ! Écouter. Savez-vous pourquoi il y a tant d'agitation à la maison aujourd'hui ? Regardez, il y a des plats délicieux qui sont préparés dans la cuisine. Voulez-vous les goûter ?" Bhanu était impatient d'entendre quelque chose de sa part.

Sara a-t-elle répondu ? Elle n'était aussi qu'une poupée, une belle petite poupée. Elle ne dit ni oui ni non. Elle tourne lentement la tête et regarde de l'autre côté. Bhanu a eu l'impression qu'elle lui disait : "Allez-y, mangez. Je ne vais pas manger".

Fête d'anniversaire de Rashmi

Il est 17 heures. L'agitation a commencé à la maison. En fait, la maman a fait beaucoup de préparatifs pour la célébration de l'anniversaire de Rashmi pendant la journée. L'anniversaire de Rashmi tombe au mois de juin. Comme il fait chaud ces jours-ci, maman a organisé la fête sur la pelouse de la maison. Pourquoi utiliser l'air conditionné en permanence si l'on dispose de l'air libre et naturel autour de soi. Et le plan a fonctionné. Toute la pelouse était ornée de lumières colorées, de banderoles et de ballons. Au-dessus, il y avait un clair de lune blanc dans le ciel. En revanche, le sol était recouvert d'une herbe verte et luxuriante. Autour de la pelouse, il y avait des plantes avec des fleurs, et même elles étaient ornées de lumières décoratives. Une scène y a été installée. D'un côté de la pelouse, les tables sont disposées pour le dîner. Des sièges pour les invités y étaient également disposés et le tout était joliment décoré.

Il est presque six heures. L'arrivée des invités a commencé. Dans notre culture indienne, il est prévu de célébrer les anniversaires par le culte, la prière et des rituels tels que Havan et Yajna. Cependant, pour le bonheur des jeunes enfants, les Indiens modifient parfois la forme des célébrations. A cet égard, ils introduisent le sentiment de fraternité mondiale dans toutes leurs activités. Comme il serait merveilleux que toutes les nations du monde, sans distinction de caste ou de religion, embrassent à cœur ouvert tous les aspects positifs des uns et des autres et n'hésitent jamais à se débarrasser des aspects négatifs, qu'ils soient d'ordre personnel ou autre. Pour être honnête, accepter le changement est une loi de la nature. Quand et combien, cela dépend de l'appréciation personnelle de chacun.

Les personnes présentes dans la maison se déplaçaient. Shivalik s'est rendu chez son ami Rahul et, l'emmenant avec lui, a appelé tous les autres enfants du quartier. Tous les enfants se préparent déjà. Ils rejoignent rapidement Shivalik et Rahul. Pinky, Radha et Bhawna sont arrivées. Golu est également présent.

La maison de l'oncle de Shivalik se trouve également dans la même ville, à une certaine distance. On les voit également venir assister à la cérémonie. Rashmi porte une belle robe rose à volants blancs, des chaussures, des chaussettes et une casquette assorties. Elle est si belle, comme une fée venue du ciel.

Tous les invités sont arrivés. La mère et le père de Rashmi ont accueilli chaleureusement les invités. Ils ont commencé à servir des boissons à tout le monde. À ce moment-là, le présentateur a fait une annonce que tout le monde a entendue. Le public s'est rassemblé près de la scène. Divers jeux devaient y être joués. Certains jeux étaient destinés aux jeunes enfants, d'autres aux plus grands. Les gagnants ont également reçu des prix. Il y avait aussi de la musique et de la danse. Le présentateur a invité tout le monde à la cérémonie de découpage du gâteau. La petite fée Rashmi a coupé le gâteau aux fruits décoré avec des bougies. Maman, papa et tous les invités ont offert une pluie de fleurs à l'enfant qui fêtait son anniversaire. Les enfants applaudissent chaleureusement. La cérémonie de découpe du gâteau s'est donc déroulée avec succès.

Tous les invités ont ensuite été cordialement invités à dîner. Tout le monde s'est bien amusé. Tout en bénissant les enfants, ils ont fait leurs adieux aux parents de Shivalik et de Rashmi. Les parents ont également fait leurs adieux à tout le monde avec respect, en leur offrant des cadeaux en retour.

Voyons ce qui se passe à l'intérieur de la salle. Nos chères poupées, Bhanu et Sara, n'ont pas pu se joindre à la célébration d'anniversaire en direct sur la pelouse. Cependant, ils apprécient la musique et les chansons de l'intérieur. Aujourd'hui, ils attendent avec impatience l'arrivée des membres de leur famille pour les rejoindre à nouveau.

Et maintenant, leurs moments d'impatience ont pris fin.

Il est neuf heures du soir. Après avoir fait leurs adieux aux invités, maman et papa s'occupent des tâches ménagères. Shivalik et Rashmi sont assis et observent les cadeaux apportés par leurs amis.

Et Bhanu... ? Que fait-il ? On dirait qu'il fait un geste vers Sara, comme s'il lui demandait quel cadeau elle veut recevoir de lui.

La pause estivale

Nous sommes aujourd'hui le cinquième jour du mois de juin. Elle est célébrée comme la Journée mondiale de l'environnement. La matinée semble si belle. Hier, c'était l'anniversaire de Rashmi. Tous les membres de la famille étaient fatigués et ont dormi tard la nuit dernière. Shivalik ne s'est endormi que très tard. Jusqu'au matin, il se réveille. Il n'arrive pas à s'endormir à cause de la joie extrême qu'il ressent. Ce qui est bien avec les jeunes, c'est qu'ils sont enthousiastes à l'égard de la vie. Ils sont heureux simplement parce qu'ils le sont. Ils n'ont pas besoin d'une raison spécifique pour trouver le bonheur. Le bonheur fait partie intégrante de leur nature et de leur personnalité. En fait, nous, les soi-disant adultes, pouvons apprendre beaucoup d'eux, si notre ego n'est pas blessé.

Le monde entier peut alors devenir un lieu de pique-nique où il fait bon vivre.

Shivalik se réveille à six heures du matin. Lorsque maman l'a vu, elle a été très surprise et a commencé à demander : "Tarun ! Tu t'es réveillé si tôt ? Qu'est-ce qu'il y a ?" Tarun est le surnom de Shivalik.

"Maman ! Tu dis toujours que tous les enfants devraient se réveiller tôt le matin", dit Shivalik innocemment.

"Maman ! Ce matin, je vais aller jouer avec mes amis dans le parc voisin". dit-il avec impatience, en regardant sa mère.

"Bien sûr, allez-y. Je suis très heureux. Qui sont vos amis ? Soyez prudents et jouez bien. Je viendrai également dans l'heure qui suit. Mon fils chéri", a dit maman en exprimant son amour pour Shivalik.

Tarun a pris sa batte de cricket et s'est précipité dehors. Au moment de partir, il m'a dit qu'il partait avec Rahul. Ils avaient accepté toutes les conditions fixées par maman pour jouer dehors. Après le départ de Tarun, maman s'est attelée aux tâches de la cuisine. Elle doit préparer le petit-déjeuner de papa et préparer son déjeuner pour le bureau. Pendant ce temps, papa prend une douche dans la salle de bains.

Et voyons ce que font Bhanu et Sara à leur fête de poupée. Bhanu est assis sur son étagère et saute d'excitation. Il a envie de sortir et de jouer avec Shivalik dans le parc. Sara est assise, les yeux fermés. Elle préfère rester endormie.

"Je ne sais pas pourquoi cette poupée dort autant. J'aimerais pouvoir lui demander si elle n'a pas envie de jouer ?" Bhanu jette un coup d'œil à Sara, puis détourne le visage. Il se plongea dans ses pensées et commença à imaginer qu'il n'était pas une poupée mais un petit garçon comme Shivalik et que Sara était une petite fille. Tous deux font également partie du groupe d'enfants de Shivalik dans le parc, jouant avec un ballon. Perdu dans ses pensées, il avait l'impression d'être arrivé à destination et de commencer à apprécier le jeu.

Que le monde de l'imagination est beau ! Tout y paraît vrai malgré l'absence de toute réalité. Pendant quelques instants, une personne accède à ce monde et expérimente la joie fugace de la vie qu'elle ne vivra peut-être jamais vraiment dans la réalité.

Au bout d'un moment, lorsque le petit déjeuner est prêt, Papa prend son petit déjeuner, sa boîte à lunch et part pour le bureau. Le bureau du père de Shivalik se trouve à une dizaine de kilomètres de la maison. Maman se prépare à aller au parc. Elle appelle affectueusement Rāshmi, qu'elle appelle affectueusement Dolly, pour la réveiller. Dolly s'est rapidement réveillée lorsqu'elle a entendu qu'ils allaient au parc. Maman ferme la maison à clé et laisse Bhanu et Sara dans leur petit monde, en direction du parc. Le parc se trouve à cinq minutes à pied de la maison. Arrivés sur place, ils ont vu des enfants jouer au cricket avec beaucoup d'enthousiasme. Dolly a commencé à se balancer sur la balançoire car elle n'était pas encore assez grande pour jouer avec des enfants plus âgés.

Bhanu était plongé dans son propre monde. Il n'a pas vu le monde extérieur dans la réalité, mais il l'a vu à la télévision de temps en temps. Par coïncidence, dans le salon de la maison de Shivalik-Rashmi, il y avait aussi une télévision intelligente. Lorsqu'un membre de la famille s'asseyait là, il allumait de temps en temps la télévision. Bhānutrouvait cela très agréable et regardait souvent la télévision avec intérêt. Il ne s'est donc jamais ennuyé. Parfois, il regardait des matchs de cricket, et d'autres fois, il écoutait des chansons. Bhanu aime beaucoup que les enfants dansent sur des chansons. A ce moment-là, il a souhaité entrer dans la danse avec Sara. Parfois, Bhanu a de la chance lorsque les autres oublient d'éteindre la télévision et se rendent dans une autre pièce. Ensuite, il a regardé la télévision comme un roi et a approfondi ses connaissances.

Quoi qu'il en soit, Bhanu et Sara ont leur propre destin. Mais il est également vrai que les poupées doivent être actives, tout comme les êtres humains. Même si ce n'est pas dans cette vie, les fruits des actions sont reçus tôt ou tard. Dans cette optique, il convient de continuer à travailler dans la bonne direction.

Cours d'informatique pour les mères

Ce sont les vacances d'été. Tout le monde dans la maison est très heureux. Les enfants sont ravis et maman est également très heureuse. Notre fête des poupées aussi. Tous les matins, maman et les enfants vont au parc. Maman pousse doucement Rashmi sur la balançoire et Tarun joue avec les enfants. Maman fait aussi une petite promenade dans le parc. Des divertissements sont proposés tout au long de la journée, notamment des jeux d'intérieur tels que le carrom, le ludo, les serpents et les échecs, ainsi que des jeux d'ordinateur. La maman prépare des en-cas sains pour les enfants. Tout au long de la journée, Bhanu et Sara se parlent parfois par gestes. En outre, Bhanu apprend de nouveaux tours aux enfants et au robot-jouet. Parfois, les enfants sortent tous leurs jouets de l'étagère et jouent avec. L'ambiance est à la joie.

Maman a également envie de faire quelque chose de nouveau. Elle pense qu'après avoir effectué des tâches ménagères toute la journée, elle peut s'adonner à un travail créatif pour entretenir sa créativité. Cela fait plusieurs jours qu'elle prépare ce projet, pensant tantôt à l'un, tantôt à l'autre. Finalement, elle prend une décision. Elle a décidé de se lancer dans l'enseignement en ligne. Depuis l'apparition de certaines maladies contagieuses, la tendance à aller à l'école et à suivre des cours particuliers hors ligne a considérablement diminué. Cependant, le besoin d'éducation ne peut être nié à aucun moment. C'est pourquoi la plupart des enfants ont commencé à s'intéresser à l'apprentissage en ligne. Cela permet non seulement aux parents de ne pas s'inquiéter de la sécurité de leurs enfants, mais aussi aux enseignants (tuteurs). Maman a une bonne connaissance des ordinateurs. Elle l'a beaucoup étudié.

Et maintenant, que fait maman ? Elle a cherché sur Google de nombreux sites de soutien scolaire et les a étudiés. Il existe des sites qui soutiennent à la fois les étudiants et les enseignants. Maman s'est inscrite comme tutrice sous le nom de Prabha Gupta sur l'un de ces sites. Elle a établi son emploi du temps et décidé quand et dans quelles classes elle enseignerait l'informatique. Pour ce faire, elle a pris toutes les dispositions nécessaires, comme sa chaise de table, son ordinateur portable, le Wi-Fi, etc. C'est dans ce sens qu'elle a lancé son nouveau projet.

Cela a créé un très bon environnement d'étude à la maison. Quand maman enseigne, les enfants font aussi leurs devoirs. Les sujets difficiles qui ne peuvent être étudiés sans l'aide de quelqu'un, ils les lisent avec leur mère. Ils accomplissent de manière autonome des tâches simples et intéressantes telles que la lecture, le dessin et les mathématiques. Shivalik est parfois confronté à des problèmes, mais il est plein de ressources. Il cherche des solutions à ses problèmes sur Google. En outre, il aide aussi un peu sa sœur Rashmi. Bien que Rashmi n'ait que quatre ans, elle aime parfois regarder des livres et écrit même quelques lettres de l'alphabet. Elle trace également des lignes avec des crayons de couleur. Et quand elle n'est pas d'humeur, elle laisse tout et s'assoit. Dès que le cours d'informatique de maman est terminé, les enfants dansent beaucoup et se sentent heureux.

Et l'adorable ours en peluche Bhanu pensait : "J'aimerais que ce petit robot devienne mon ami. Laissez-moi essayer. J'apprendrai aussi de nouveaux trucs mathématiques sympas. Ainsi, je ne m'ennuierai jamais. Regardez, ces enfants s'amusent tellement à résoudre des problèmes de mathématiques".

Et Sara... ? "Je ne sais pas. Quelle est l'intention de Bhanu ? Je pense qu'il veut devenir un garçon au lieu d'un ours en peluche". C'est ce que Sara doll pensait.

Shivalik en magicien

Dans la chaleur de l'été, sous le ciel azur,

Si devant nous se trouve un débit de boissons.

La glace, le cola et le café froid, c'est divin.

Mais, excusez une toux due au rhume, soyez gentils.

Au milieu de ces vacances d'été si amusantes, les jours passaient l'un après l'autre, comme un train qui aurait pris de la vitesse. De même que l'on ne sait plus quand le train express arrive en gare et repart en un clin d'œil, il est difficile de déterminer où disparaissent les jours de fête. Le mois de juin est sur le point de s'achever et les écoles pour enfants devraient rouvrir en juillet. Maman s'est rendu compte qu'il y a encore beaucoup de préparatifs à faire. La pandémie étant terminée, il est possible que les écoles n'ouvrent pas leurs portes la première semaine de juillet. Laissons les écoles ouvrir à n'importe quel moment, mais des préparatifs doivent être faits pour les enfants et les parents. Toutes les tâches - uniformes, devoirs, projets, et qui sait quoi encore ?

"Oh, qu'est-ce que c'est ? J'avais complètement oublié. C'est lorsque j'ai parlé à la mère de Rahul au téléphone que cela m'a frappé". Maman était assise et réfléchissait dans l'après-midi. Dans l'école de Shivalik, chaque année au mois d'août, un concours de déguisements est organisé pour les plus petits à l'occasion de Janmashtami.

"J'avais pris la ferme décision de faire participer mes enfants à ce programme. Que je fasse participer Rashmi l'année prochaine, mais il est essentiel de faire participer Shivalik cette fois-ci. Car l'année prochaine, son groupe d'âge changera".

"Chaque année, tous les parents sont cordialement invités à l'école pour la fête de Janmashtami. Chaque fois que maman se rendait au spectacle, elle était fascinée par les enfants aux costumes variés. Elle a également pensé à apporter une idée fabuleuse et entièrement nouvelle qui n'avait jamais traversé l'esprit de personne, et à préparer son fils Shivalik pour ce rôle".

"Il y a beaucoup d'idées, mais la plupart d'entre elles ont déjà été réalisées à de nombreuses reprises. Certains enfants deviennent des journaux, d'autres des arbres. Certains se comportent comme des légumes, comme le gombo ou la tomate rouge, tandis que d'autres deviennent des aubergines rondes et dodues. Certains enfants deviennent même des dieux - certains Ganesha, d'autres Shiva, ou même le petit Krishna. Que peut faire l'enfant ? Ce sont les mamans qui trouvent ces idées. Mais une chose est sûre, devenir un dieu est le plus grand défi. Le simple fait de regarder m'émerveille". Maman s'est inquiétée en y pensant. Elle a alors pensé à Dieu et s'est endormie quelques minutes plus tard. Au bout d'un moment, elle s'est réveillée, et c'était déjà le soir. C'est l'heure des tâches ménagères.

C'est en pensant ainsi que la nuit est arrivée. Bhanu a trouvé que maman avait l'air un peu contrariée. Je ne sais pas pourquoi. Il s'est également mis à prier : "Oh Dieu ! S'il vous plaît, résolvez son problème".

Le lendemain matin, après s'être occupée de toutes les tâches ménagères et du petit déjeuner, maman se dit : "Trouvons un bon livre à lire." Ses pas l'ont menée jusqu'à l'étagère. Au bout d'un moment, elle a trouvé la solution entre ses mains. Oui, elle avait trouvé sur l'étagère un livre intitulé "101 tours de magie" et c'est là qu'elle s'est dit : pourquoi Shivalik ne jouerait-elle pas les magiciennes pour le concours de déguisements ? Quelle idée fantastique qui, selon elle, était tout à fait nouvelle. En commençant à feuilleter le livre, elle s'est attachée à trouver des tours de magie faciles que Shivalik, âgée de six ans, pourrait apprendre et exécuter avec succès sur scène.

On dit que lorsqu'il y a une volonté, il y a un chemin. Lorsqu'une personne s'investit pleinement dans une direction donnée, même le divin la soutient. Maman a trouvé trois tours de magie faciles à réaliser et les a appris elle-même en suivant les instructions du livre. Elle a ensuite enseigné ces tours à la petite Shivalik. Shivalik a commencé à s'intéresser à la question et maman s'est dit que dans quelques jours, il serait capable de réaliser ces tours de magie sur scène avec succès. Ensuite, avec l'aide de la mère de Rahul, ils ont également préparé une belle robe pour le magicien. Le chapeau, le manteau, le pantalon et les chaussures du magicien - un maquillage complet à la Charlie Chaplin. Tout le plan est prêt dans son esprit. Chaque fois que Shivalik faisait des tours de magie, Bhanu et Sara hochaient la tête d'un air approbateur. Enfin, le jour de la réouverture de l'école est arrivé. Un jour, lorsque le concours de déguisements a été organisé, Shivalik y a participé. Il s'est entraîné avec assiduité et son travail a porté ses fruits. Lorsqu'il présente ses tours de magie sur scène, le public est émerveillé. Tout le monde était étonné de voir qu'un petit enfant faisait des tours de magie avec autant d'habileté. Le tonnerre d'applaudissements du public a renforcé l'enthousiasme des enfants.

Shivalik a remporté le deuxième prix du concours. Lorsque Shivalik est rentré chez lui, il a placé le prix sur son étagère, près de Sara. Bhanu et Sara ont regardé affectueusement le prix, puis Shivalik, et enfin l'un et l'autre, en hochant la tête en signe d'approbation. Tout le monde dans la maison était très heureux.

Une douce note de la flûte de Krishna se fait entendre dans les environs.

* * *

A propos de l'auteur

Geeta Rastogi 'Geetanjali' est née le 26 juillet 1968 en Inde. Ses parents, M. Harichand Gupta et Mme Rammurti Devi, sont originaires du district de Ghaziabad (Inde). En plus d'être auteur, elle est professeur de sciences, spécialisée en chimie. Ce livre « L'arc-en-ciel coloré de Bholu » a été initialement écrit et publié en hindi, puis traduit en anglais, italien, français, espagnol, thaïlandais, allemand et philippin. Elle a publié un autre roman en hindi intitulé « Kanak Kanak te sau guni ». Elle aime aussi écrire des poèmes, des histoires et des articles utiles pour les magazines et les journaux.

www.ingramcontent.com/pod-product-compliance
Lightning Source LLC
LaVergne TN
LVHW041536070526
838199LV00046B/1688